魔女宅急便

特別篇2

黑貓吉吉的故事

魔女の宅急便特別編 2キキとジジ

角野榮子 ——— 著　涂祐庭 ——— 譯　佐竹美保 ——— 繪

目次

角野榮子給臺灣讀者的序
故事的起點 5
登場人物介紹 8
1 邂逅 13
2 尾巴事件 27

3 吉吉離家記 47
4 玩具掃帚 79
5 不可思議的女孩 101
6 琪琪的學校 125
7 我也會成為魔女…… 143
後記 173

角野榮子給臺灣讀者的序

故事的起點

《魔女宅急便》的故事，要從女兒畫的一幅魔女畫說起。畫中的魔女乘著掃帚，在夜空飛行。掃帚的尾巴上坐著一隻黑貓，柄上掛著一臺收音機，收音機上飛出好多好多的音符。

女兒畫這幅畫時，正值十二歲。因此，我萌生了以年紀相仿的魔女為主角，寫個故事的念頭。

聽著收音機的音樂在空中飛行，想必是一件快意的事。我也想嘗試看看。寫著故事的當下，也同樣有了飛在空中的感覺！

這麼說來，畫中的魔女確實是在空中飛行。於是，我有了讓魔女當快遞送宅急便的想法。想到這裡，故事便開始動了起來。

首先，要決定登場角色的名字。最先定下名字的，是一直陪在魔女身邊的貓咪。過去我在巴西生活時，有一位叫做「喬喬」的朋友。我稍微改了一下他的名字，便成了「吉吉」。

另一方面，魔女的名字則遲遲無法定案。「吉吉」是由兩個發音相同的字組成，所以，我想再次使用同音字做為名字。途中考慮過「咪咪」、「卡卡」、「拉拉」等許多選項，但是都與我構思的魔女不相稱。就這樣，我每天不斷的思考，最後終於找到「琪琪」這個答案。實際念了一遍，就覺得再也沒有其他更合適的名字了。「琪琪」聽起來既可愛，又有一點魔女的味道，而且也很好記。

這一刻，琪琪喊出「榮子，請多指教！」，開始在天空飛行。我當然也追在後面，飛了起來。在撰寫故事的期間，我感覺自己真的飛在空中。若不這麼想，我可能沒辦法將天上的風是怎麼吹的，從空中俯瞰的城鎮模樣，描寫得讓人一看就能想像出畫面。

有時候到寬廣的原野上，我會張開雙手，躺到草地上仰望天空。每當我這麼做，便會覺得自己置身空中，甚至還能看見琪琪坐在掃帚上，在身旁一起飛行。《魔女宅急便》就是這樣開始的。

不過，琪琪才十三歲，還是個實習魔女。就算當快遞送東西，大家也不太信任她，甚至擔心自己的東西被掉包。

琪琪靠著開朗的個性，漸漸被居民接納。麵包店老闆娘索娜、蜻蜓等人都是她溫柔的依靠。

即使如此，其間還是發生許許多多的事。而琪琪總是發揮她的想像力一一克服。我從小就很喜歡聽故事，喜歡讓心情隨著劇情時而緊張，時而興奮，期待後續如何發展。如果最後是能放下心來的圓滿結局，便如同經歷了一趟愉快的旅行，整個人也會很有精神。

每一篇故事都有種種「發現」，帶給人勇氣。

這些是我的親身經驗。所以，我也萌生寫這種故事的念頭。於是，全六冊，加上兩本特別篇的「魔女宅急便」系列就此誕生。

「我也要像琪琪一樣，帶著勇氣活下去！」如果你讀過琪琪的故事後，有了這樣的想法，我會非常開心。

再過不久，琪琪就要飛向臺灣的天空囉。希望你也翻開下一頁，跟著她一起飛行。

登場人物介紹

可琪莉

琪琪的媽媽，擅長種植魔法藥草。

歐其諾

普通人，研究魔女的學者，最後與魔女可琪莉結婚。

琪琪

生日是二月二日，和黑貓吉吉有著奇妙的競爭和手足關係，從小就有飛行的天賦。

吉吉
自己跑到琪琪家門口的小黑貓，就此成為琪琪的魔女貓。

邁娜
牧場主人，飼養牛隻、貓咪與其他動物。

美巧
琪琪偶然遇到的女孩，喜歡仰望天空。

亞米
琪琪的同學，很嚮往成為魔女，因此希望跟琪琪當朋友。

1

邂逅

「哇啊——啊，哇啊！」

分不出究竟是在哭還是在笑的細小聲音，久久停不下來。

發出聲音的，是一名剛出生的小寶寶。小寶寶還沒有名字，她握緊的雙手動個不停，臉頰像是泡過熱水澡般紅通通的。

剛成為母親的可琪莉坐在床邊，將小寶寶牢牢抱在胸前。剛成為父親的歐其諾待在一旁，看著小寶寶。

「我的孩子！」

可琪莉激動的打了一個哆嗦。她的臉上洋溢著笑容，雙眼也泛著淚光。

「在這麼寒冷的日子出生。這孩子很努力呢。」

歐其諾轉過頭，看向柱子上的日曆。

「二月二日，真是個容易記住的好數字。」

「而且，就算是寒冬，也感覺得到春天快要來臨……對魔女而言，這是非常非常重要的季節。」

今天出生的小寶寶，是魔女可琪莉的女兒。她在日後說不定也會成為魔女。

可琪莉拉了拉懷中小嬰兒的手，小嬰兒原本緊閉的眼睛立刻張開，黑色的瞳孔發出光芒。

可琪莉舉起小嬰兒，讓她面向窗外。

隔著布滿黑色泥土的田地，可以看見坡度和緩的草山。現在山坡上盡是枯萎的野草，不過，山腳下已經開始萌發小小的春芽。接在草山之後，綠意盎然的森林裡，樹梢隨著輕風發出沙沙細響，彷彿愉悅的笑聲。

可琪莉瞇細眼睛，輕聲說道：「各位，請多多指教。」

接著，她又對歐其諾說：「也請你多指教囉。」

「當然。」

「我們一起好好養育這孩子吧。」

「當然。」

「換尿布的工作就拜託你囉。」

「咦，尿布？」

「沒錯。尿布。」

「她還這麼小，就要我做？」

「當然囉，孩子的爸。」

歐其諾慌張起來，露出不安的眼神。

七天之後，小嬰兒的名字定了下來。

出生日期是由兩個相同的數字組成，所以名字也用了兩個相同的字——「琪琪」。

「多麼可愛的名字！我喜歡！」

歐其諾把琪琪舉高到自己的眼前，輕輕的左右搖晃。

「來，琪琪。好高好高喔——」

「莎拉啊，妳聽說了嗎？可琪莉家好像生了個女孩喔。」

蔬果店的艾里一邊幫客人裝馬

鈴薯，一邊用略微沙啞的聲音閒談。

「噢，真的嗎？真是太好了。」

「那個孩子叫『琪琪』。」

「琪琪嗎？很好記呢。」

「我們這個城鎮誕生了魔女的小孩。可喜可賀，可喜可賀！」

「那孩子啊，又還沒確定會成為魔女。」

排在莎拉之後，瘦得像跟竹竿的女子噘起嘴，不客氣的潑了一盆冷水。

「唉呀，她一定會成為魔女的。別說那種奇怪的話。」

「就是說啊。現在日子愈來愈不好過，魔女也不再是什麼稀奇事，有了下一代當然應該要高興。」

「說是希望之光都不為過呢。」

「我們住的城鎮，真是受到眷顧啊。」

艾里將馬鈴薯的袋口束緊，一臉滿足的說著。

「一個地方有沒有魔女，真的會影響福氣呢。」

莎拉接過袋子，同樣露出滿意的表情，挺起腰桿，望向天空。

其他客人也紛紛表示贊同。

「沒錯。再怎麼說，這裡有人能在空中飛，跟別的地方都不一樣。」

「說得對極了。」

「看著魔女飛，也會特別興奮，好像跟著一塊飛起來似的。」

「而且啊——」

艾里拍拍高麗菜，繼續說下去。

「還有人說，我們的城鎮有股香氣。」

「我也聽別人這麼說過。雖然很難形容，但就是很好聞。我們在這裡住久了，反而沒感覺。」

「大概是可琪莉做的藥草香吧。」

「不只是氣味，連空氣好像也特別清新。鎮上的人啊，都說很有精神呢。可見我們也受到了魔法的眷顧。」

「就是說呀，對極了！之後一定也要好好拜託琪琪才行。」

「等一等，你們未免也太興奮了。人家才剛出生呢。比起這個，艾里太太，我的三個洋蔥還要等多久？」

剛才那名削瘦的女子再度噘起嘴。她瘦得像隨時可能被風吹落的樹枝，所以大家都叫她「枝繪」。

「是是是，遵命……來，幫妳施一點我們奇瑪克鎮的魔法。這是免費附贈的喔。」

艾里輕笑一下，用手指戳了戳洋蔥，遞給滿臉不悅的枝繪。

經過大概一個月，某天早晨，可琪莉打開家門時，看見一隻像黑毛線球的小貓，睜著銀色的大眼，往這裡看過來。

「啊呀呀！」

黑貓不叫一聲，豎起肩膀，直接從杵在原地的可琪莉腳邊穿過，跑向琪琪的搖籃，跳了上去。

「咦，這是……怎麼回事？」

可琪莉一下子反應不過來，驚訝得不知所措。

「小黑貓，現在太早了！琪琪還只是小嬰兒呢。」

黑貓張開小嘴巴，低沉的叫了一聲。牠的牙齒還沒長齊，淡紅色的舌頭在口中動來動去。

「就算你想嚇唬人，也還只是隻小貓咪吧？」

可琪莉也不甘示弱，張開嘴巴秀給黑貓看。

這時——

啪躂、啪躂、啪躂、啪躂……

一名穿長靴的女子，發出響亮的腳步聲，揮舞著雙手往這裡跑來。

「啊呀，是邁娜！」

可琪莉踏到門外，朝對方打招呼。名叫「邁娜」的女子停下腳步後，雙手撐著大腿，不斷喘著大氣。

「發生了什麼事？」

「可、可琪莉太太，之前說好幫妳找一隻黑色小貓，最近正好有剛出生的黑貓，原本打算今天送過來。可是就在半路上，那隻小貓突然從籃子裡逃出去，躲進草叢裡不見蹤影……

「我趕緊在附近找了一陣子，但怎麼樣就是找不著。難得有一隻完全符合妳的要求，毛色那麼純正的黑貓，真是太遺憾了……不好意思喔。那隻貓咪還小，又沒有名字，就算想找也不知從何找起。真的非常抱歉，這次沒辦法了，之後一定還會有其他小黑貓的。」

聽到這裡，可琪莉帶著笑意，拉起邁娜的手，帶她進入屋內。

「看，牠先一步到囉。」

邁娜看到搖籃，不由得吃了一驚。

「噢！天啊！就是這隻貓！就是牠！」

黑貓抬頭瞄一眼邁娜，悠哉的打了個呵欠。

「太神奇了！你這個小傢伙，怎麼知道是這裡？總之，太好了，太好了！」

「是啊，真是太好了。牠一定會成為琪琪的好夥伴。」

可琪莉輕輕搖起搖籃。

「小傢伙，之後要跟琪琪好好相處喔……好啦，這樣一來，事情就圓滿解決啦。」

邁娜用圍裙擦掉汗珠，哼著曲子，滿心歡喜的踏上歸途。

黑漆漆的小黑貓
找到家的小黑貓……

小黑貓有了名字。跟琪琪一樣，是由兩個相同字組成的「吉吉」。

「琪琪跟吉吉，滿好聽的。他們一定會成為好朋友。」

歐其諾點點頭，表示贊同。

琪琪與吉吉總是在搖籃裡，緊挨著彼此睡覺。

不知琪琪是否已經認得吉吉了，她會流著口水，發出「吉、吉——」的聲音。每當這時，吉吉就會往琪琪靠得更近，舔舔她的臉頰。

「感覺好像成了兩個孩子的母親，興奮又緊張呢。」

可琪莉把手放到胸口，開心又帶著些許不安的呼了一口氣。

2

尾巴事件

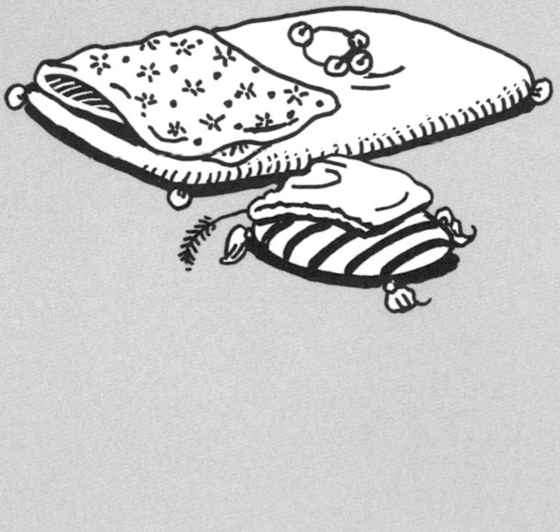

日子一天一天過去，琪琪與吉吉逐漸長大。

「不管是多麼要好的夥伴，像這樣從早到晚黏在一起，真的沒有問題嗎……」可琪莉有點擔憂的自言自語。

然而，琪琪跟吉吉整天黏在一起，似乎不是因為真的那麼要好。事實上，他們是在窄小的搖籃裡，展開小小的地盤爭奪戰。每次琪琪翻身時，總會把吉吉壓到底下。這時，吉吉會掙脫出來，使勁用四隻腳把她推回去，搶回自己的空間。

漸漸的，搖籃內愈來愈擁擠。可琪莉縫了兩塊床墊，鋪在地上。琪琪睡的是長方形，吉吉睡的是圓形。床墊上還有小花造型的棉被，以及一條薄毛毯。

可琪莉讓琪琪躺到床墊上，琪琪馬上咕咚的翻了個身。轉回正面後，再一個咕咚。她一臉覺得好玩似的露出笑容，然後又翻一次身。咕咚。

「琪琪，妳真有精神啊。吉吉要不要也試試看？你們要快點學會爬行喔。」
可琪莉輕撫他們的身體，這麼說道。
吉吉「哼」的噴一聲氣，站起身，抬頭甩開她的手，慢條斯理的走出去。
「嗯？吉吉，要去噓噓嗎？」
「咪——」
對於這個提問，吉吉不悅的揮動尾巴，瞪了一眼可琪莉，像是在說：「很失禮耶！」
「啊，抱歉。」
可琪莉縮起肩膀。
「你早就會爬了啊。」
吉吉一副理所當然的表情，得意的抬起下巴，

繞著琪琪的身邊走個不停。

在那之後又過了六個月。某天早上，琪琪突然開始爬。雖然動作顯得生硬，但確實一步一步的往前進。

「哇——琪琪會爬了！好厲害！」

可琪莉興奮得不得了。

「這邊，這邊。過來。」

歐其諾也在琪琪的前方拍手加油。琪琪開心的發出笑聲，朝他的位置爬去。

「很好，很好——」

歐其諾夾住琪琪的胳肢窩，把她舉到半空中，玩起「好高好高」的轉圈圈遊戲。

一家三口興奮的模樣，讓吉吉嚇了一跳。牠忍不住退到房間角落，豎起全身的毛瞪視他們。吉吉的眼睛發出銳利的光芒，嘴巴不悅的緊閉著。

什麼嘛。不過是會爬，就高興成那樣……

吉吉覺得無聊透頂。牠冷不防的朝歐其諾奔過去。

「喔？喔？」

歐其諾見吉吉撲上來，笑著說：「我懂了。你也想玩好高好高吧？」

他把琪琪交給可琪莉後，抱起吉吉舉到空中，轉了一圈又一圈。可惜歐其諾完全會錯意。因為就算跟吉吉玩「好高好高」，牠也不會高興。

我是不會輸給琪琪的！

吉吉的心裡逐漸萌生這個念頭。

「來，琪琪。這個好吃喔。」

可琪莉用湯匙舀一瓢香蕉泥，送到琪琪的嘴邊。琪琪湊近一下，隨即猛烈的搖頭，發出「噗——」的聲音。

「很好吃的。嘴巴再張大些。」

可琪莉把香蕉泥送進她的嘴裡。結果——

「噗——」

琪琪立刻吐了出來。

「琪琪，什麼都不吃的話，會長不大喔。」

可琪莉將琪琪的嘴巴擦乾淨後，又舀一瓢香蕉泥，準備餵她。

就在這時——

「不喵——」

琪琪發出一聲大叫。

可琪莉反射性的抬起頭，吉吉也嚇得跳了起來，一起睜大眼睛，動也不動的盯著琪琪。

歐其諾將看到一半的書擱在桌上，從椅子起身。

「她是不是說了什麼？」

「好像聽到『不喵』……像是『不要』的意思。她不要吃香蕉嗎？」

琪琪看見所有人露出驚訝的表情，開心的擺動雙手，繼續說了好幾次「不喵——不喵——」。

待在旁邊的吉吉看了好一會兒，悄悄的往後退，走向室外。

「歐其諾，這是不是琪琪說的第一句話？」

「嗯……」

可琪莉不太有把握的問道，歐其諾也只是不斷眨眼，回答不出來。

「不過，嬰兒通常不是先學會『嘛、嘛』、『吧噗吧噗』之類的聲音嗎？」

「我也一直這麼以為。」

「應該不是在模仿我們吧。到底是從哪裡學來的……」

「……」

可琪莉沉默下來，陷入思考。接著，她忽然想到什麼，眉毛顫了一下。

「會不會是……吉吉……教她的……」

「不可能吧……『不喵』是魔女貓的語言嗎？」歐其諾問道。

「我也不清楚……」

可琪莉搖搖頭。

「魔女跟魔女貓，會產生只有彼此才懂的語言。那種語言不是聲音，而是『空氣』，或說是『波動』，只存在兩人之間的魔法。不過，『不喵』感覺像一般的人話……想必還在形成階段。沒想到他們已經產生了魔女貓的語言。本來以為要等琪琪再長大些，才會開始。」

可琪莉起身，朝外面呼喚吉吉的名字。但是，吉吉遲遲沒有出現。

琪琪對於剛學會的話，則是開心得不得了。

「我們去洗澡吧。」

「不喵——」

「該睡覺覺囉。」

「不喵——」

「琪琪乖喔。」

「不喵——」

大概像這樣。

「這小孩不好應付喔。」歐

其諾說。

「有點固執呢。」

「到底是像誰呢……」

可琪莉噘起嘴巴，聳聳肩膀。

直到深夜，吉吉才從不知什麼地方回來，慢吞吞的進家門。可琪莉瞪一眼，牠立刻別開視線，迅速溜去自己的床，蜷起身體乖乖窩好。吉吉在白天受到的驚嚇，仍然沒有平復。牠沒想到琪琪會脫口說出兩人爭吵時用的語言。

小嬰兒真是麻煩。根本沒什麼祕密可言。

起初不知如何好好爬行的琪琪，逐漸抓到訣竅，愈來愈熟練。一開始搖搖欲墜的樣子，也變得穩健起來。再經過一個月左右，已經很有模有樣。

「好快，好快！琪琪，這邊！」

可琪莉相當高興。

至於吉吉，牠依舊覺得無趣。跟琪琪的爬行比起來，自己走路的樣子好看許多，而且也更快。再這樣下去，他們會平分秋色。吉吉期待的，是自己當哥哥，琪琪當妹妹的關係。

之後，每當一起去什麼地方時，吉吉總會豎起肩膀，刻意走在琪琪的前面。這樣一來，輪到琪琪不高興。因為吉吉的尾巴在前面晃來晃去，一下甩到她的臉，一下掃到她的眼睛，非常煩人。

琪琪伸出手，抓住那條討厭的尾巴，跟在吉吉的後面前進。吉吉本身也不排斥。這樣有種自己在陪小孩玩的感覺。

她好像想要模仿我。

吉吉充當起哥哥，拉著琪琪在房間到處爬來爬去。但是，經過一段時間，牠的尾巴被拉得開始疼痛。

「琪琪，夠了。把手放開。」

牠轉過頭，用魔女貓的語言跟琪琪說。

「不喵——」

琪琪瞅著牠，大力扯一下尾巴。

「痛痛痛痛痛！」

吉吉嚇得跳了起來。

「放手！放手！快放手！」

牠一邊叫著，一邊試圖掙脫。

「不喵——」

琪琪不肯放手。她就這麼被吉吉拉著，穿過家門，衝到戶外庭院。

「放開！」

「不喵——」

一隻剛羽化的蝴蝶被他們嚇到，急急忙忙飛上半空。吉吉繼續加快速度，跑進可琪莉的藥草田。琪琪也

奮力抓著牠的尾巴，跌跌撞撞的跟在後面。

「嗚——」

吉吉拖著痛得快受不了的尾巴，一個勁兒往前衝，屁股跟著一下左邊、一下右邊的晃個不停。

「不喵——」

琪琪拉開嗓門發出大喊。最後，尾巴還是滑出她的手掌。吉吉趁這個機會，一股腦的鑽進高聳的藥草叢，逃到不知什麼地方。

「吉吉！」

琪琪想追上去，但是才剛探出身體，她便「咚」的一聲翻過去，整個人四腳朝天。先前爬了那麼大段路，現在已經相當累了。她就這樣躺在地上大喊。

「吉吉！吉吉！」

不過，沒有任何回應。

藥草的大片葉子在眼前搖晃，散發清新的氣味。黃色的小花跟著微微顫動。琪琪伸出手，把花握進手中。四周一片寂靜無聲。

小小的昆蟲飛過來，停在琪琪露出的肚子上，發出「嗡——」的聲音。琪琪盯著那對忙個不停的小翅膀。這是她第一次如此近距離觀察昆蟲，所以忍不住好奇的伸手去抓。結果，昆蟲受到驚嚇，連忙飛走。琪琪就這麼轉動眼睛，看著牠離去。

這時，她在藍色的天空裡，看見騎著掃帚，往這裡飛來的可琪莉。一發現母親，她的臉立刻皺成一團，喉嚨發出「嗚哇……」的哽咽。號啕聲愈來愈大，最後，終於開始哇哇大哭。

「琪琪！琪琪！」

可琪莉聽到哭聲，降落到琪琪的身邊。歐其諾也從家裡趕來。

「怎麼了，發生什麼事？」

可琪莉將琪琪抱起。

琪琪哭個不停，臉上沾滿泥巴跟眼淚。可琪莉用自己的袖子幫她擦乾淨，再對她說：「妳怎麼在這裡？手還磨成這樣！」

可琪莉焦急得不得了，連話都沒辦法好好說。

「剛才不是還跟吉吉玩得很高興……」

歐其諾也感到不解。

「她一個人怎麼爬到這裡，怎麼想都不可能啊。」

「是啊，離家裡這麼遠。她到底是怎麼辦到的？」

可琪莉皺著眉頭，環視四周。

「被誰誘拐了嗎？」

她的腦海閃過這個念頭，結果連自己都打了冷顫。

「不可能不可能。我們鎮上不會有這種人。」

「所以，真的是自己爬過來的嗎？那也太厲害了……真不愧是小魔女。」歐其諾說道。

「或許是受到藥草香的吸引……」

可琪莉摘下一片草葉，湊到鼻子前。

「完全搞不懂她的世界……」歐其諾無奈的自言自語。

「喔？看妳的上衣都掀起來，讓小肚肚出來見人了。這顆肚臍怎麼凸凸的呢？」

歐其諾摸了摸琪琪凸起的肚臍，打趣的說。但他還是有一點擔心。

「醫生說，這個自然會好。」

「那就好……不過，這樣也挺可愛的啦。」

這時，琪琪早已恢復心情，開心的笑了起來。

「不過，還好沒事。」

可琪莉總算鬆了一口氣。

「還是覺得很不可思議。」

歐其諾如此附和。

兩人抱著琪琪，身體挨著身體，一起踏上回家的路。

知道事情真相的，只有吉吉。

吉吉經歷一場大災難，直到黃昏才躡手躡腳的回家，避開家人的視線，鑽到桌子底下，舔起疼痛未消的尾巴。牠用力的一口一口舔個不停，多虧如此，隔天天亮時，尾巴的腫脹幾乎已經完全消退。

不過，可琪莉還是敏銳的察覺到不尋常。

「嗯？吉吉，你走路的樣子有點怪喔。腳受傷了嗎？來，我幫你敷藥草。」

很可惜，包上繃帶的不是尾巴，而是後腳。人與貓之間要互相理解，果然很困難。儘管如此，尾巴和琪琪最後都平安無事，吉吉還是鬆了一口氣。

3

吉吉離家記

琪琪第一次過生日時，不只是自己的父母親，鎮上的居民也送上溫暖的祝福。

「吉吉也一歲了，對吧。我們當然不會忘記喔。恭喜恭喜，生日快樂！」

可琪莉讓吉吉坐在琪琪的身旁，為牠一起過生日。

「生──呃，生──呃！」

琪琪也有樣學樣，為吉吉送上祝福。

琪琪與吉吉相安無事的度過第一年，迎來第二個春天。可琪莉在春分種下的藥草已經發芽，散發芬芳的氣息。

「好，今天我們散步去山上吧。」

「散物，散物。」

聽到可琪莉的提議，琪琪搖搖晃晃的站起身，邁開小腳，一步一步踏出去。可琪莉見到這景象，驚訝的忘記呼吸，愣在原地動也不動。

躂、躂、躂……琪琪一步步走過去，整個人撲向她。

「哇！」可琪莉又驚又喜。

「琪琪！妳會走路了！歐其諾！歐其諾——」

歐其諾聽到聲音，打開房門衝出來。琪琪看到爸爸，轉往他的方向，一步，一步，搖搖晃晃的走去。

「喔！喔！琪琪好厲害！」

歐其諾蹲下身，拍著手鼓勵她。

「過來，過來。」

「呀！呀！」

琪琪發出笑聲，躂、躂、躂的踩著腳步。

「很好很好，很棒喔！」

歐其諾十分開心。

可琪莉緊緊抱住他們，跟琪琪臉頰貼著臉頰，輕輕撫摸她的背。

吉吉待在房間角落，看著一家三口。琪琪又學會了新的事物。這次，是只靠後腳站立往前走。

那有什麼厲害？

吉吉滿不甘心，嘴角下垂成八字。牠決定依樣畫葫蘆，試著站起後腳，在肚子跟腿部施力，一步一步往前走。儘管重心有點不穩，大致上沒什麼問題，模樣跟琪琪相去不遠。然而，可琪莉跟歐其諾只是看了牠一眼，完全沒有任何鼓勵。一股悲傷忽然湧上牠的心頭。

吉吉努力的站穩腳步，但牠終究支撐不下去，一屁股跌坐回地上。最後，牠拖著身體，靜靜的離開房間，走出家門。

吉吉垂著肩膀，有氣無力的走著。這是牠第一次感覺到孤獨。

我跟他們果然不一樣。我是孤單的。

牠朝藥草田另一端的平緩草山走去。好久以前聞過的稻草氣味浮現腦海，牠的鼻子不由得一陣發癢。雖然說不出理由，但如果越過草山，似乎能找到「只屬於牠的可琪莉」。牠開始沉浸於回憶中。

「邁娜……」

牠脫口而出這個名字。

想起來了，就是邁娜。邁娜會為牠煮熱粥，還會準備溫暖的睡床。

我想回去，自己真正的家。

吉吉的腳步逐漸加快。牠穿過藥草田，越過草山，一路往前進。過沒多久，牠聽見熟悉的叫聲。

「哞——」

這是牛的味道……是邁娜養的牛！吉吉跑了起來。

就是那個牧場……沒錯，就是那片屋頂！以前我就在牛舍的旁邊喝牛奶。我的媽媽就在那裡！

牠往稻草搭的小屋奔過去。

稻草屋裡充滿熟悉的氣味。吉吉想起許多住在這裡的回憶。可是，有些地方跟以前不同。過去可以全身鑽進去，暖洋洋的稻草堆，現在只剩下角落的少少幾根。更重要的是，曾經會把自己攬得牢牢的母親，完全不見蹤影。從高處小窗戶照進來的陽光如同以往，能夠安心睡覺的地方卻已不存在。吉吉轉過身，落寞的走了出去。

肚子餓了。

吉吉回想起第一次吃到的粥，忍不住吞了口口水。當牠回過神時，自己已經身處在隔壁的主屋。

「咦？你不是……」

靠著椅背織衣服的邁娜抬起頭，一臉訝異的開口。

「琪琪家的吉吉？你怎麼回來了？」

「喵——」

吉吉發出細長的叫聲。

「撒嬌呀……應該不是想回來找媽媽吧。」

邁娜湊近吉吉，輕撫牠的背。

吉吉不悅的閉上嘴巴。

想媽媽哪裡不對？

「你的媽媽啊，早就不在這裡了喔。」

邁娜抱起吉吉，坐回椅子上。

「吉吉啊，你已經是跟琪琪在一起的貓。你應該很清楚吧？你將來要成為會魔法的魔女貓，這可是很難得的機會。不覺得很棒嗎？再說，你的媽媽是一隻旅貓……所謂的旅貓啊，是獨自到各地旅行的貓。牠來到我們家的稻草屋，是為了生下你。小貓一旦脫離母乳，開始喝粥，便算是長大了。當你夠大了以後，牠就繼續四處旅行了。一個人到處旅行太孤單，所以我不喜歡。對你的媽媽來說，卻是再自然不過的事。你應該也曉得吧？你已經長大成人了。」

吉吉安靜的聽邁娜說完話，伸長脖子，舔一下她的臉頰，然後從她的大腿上跳下來。

「喵——」

吉吉對著邁娜再叫一次後，轉過身走向門口。

「要走了嗎？真是乾脆。急性子這點，跟你的媽媽一模一樣。對了，要不要吃一碗粥再走？再幫你準備一些剛擠好的牛奶。」

有那麼一瞬間，吉吉停下腳步。牠餓得肚子咕嚕咕嚕叫，但最後還是抗拒了粥的誘惑，頭也不回的離去。

吉吉穿過牛舍和稻草屋中間，走進廣大的田地。

我也想成為旅貓……

「喵——」

牠跑了出去。

當魔女貓太寂寞了。

在疲憊之下，吉吉稍微駐足，回頭看了一眼。但是，牠沒有折返，而是毅然決然的面向前方，持續邁步。

過了採收期的田地，變成一片除了泥土、什麼也沒有的野原。來自遠方山脈的風，捲起乾燥的泥土，吹進吉吉的眼睛。

一條小河出現在眼前，河流對面是蓬生的枯萎雜草。吉吉低伏身體，從露出水面的石頭上逐一跳過，渡過河流。到達對面後，牠用前腳撥開雜草，鑽進草叢。頭頂上的葉尖在風中搖擺，底下的草叢則很溫暖。吉吉喘一口氣，停下腳步，躺到地上。此刻的牠又累又餓，眼皮愈來愈沉重。

好睏，好睏喔……

牠就這麼一邊嘟囔，一邊進入睡夢中。

吉吉再次睜開眼睛時，四周陷入一片漆黑，完全看不見任何東西。牠試著擺動自己的尾巴。在黑暗之中，牠感覺到尾巴確實在動，才得以鬆一口氣。

不過，我明明是貓。貓在黑暗中也看得見東西才對呀，太奇怪了。我真的是一隻貓嗎？

吉吉用力閉上眼睛，避免繼續鑽牛角尖。這時，肚子傳來「咕嚕嚕——」的聲音。牠從來沒這麼餓過。

出發前應該先吃一碗邁娜的粥才對……又沒有趕時間。匆匆忙忙的，結果就餓肚子了。

東想西想時，天色漸漸亮起，原本流失的精神也開始恢復。不過，肚子還是餓得不得了。吉吉離開草叢，到小河邊舔幾口水。牠的全身彷彿清醒過來。但是相對的，肚子咕咕叫得更加厲害。

吉吉伸出爪子，嘗試挖掘地上的泥土，拉出一條草根。草根看起來比其他枯萎的野草柔軟，於是牠小心翼翼的放入口中。結果下一秒，牠立刻「呸」的吐出來。草根滿是泥腥味，還弄得整個嘴裡一粒一粒的，真是難受！

如果有一、兩片琪琪的碎餅乾就好了。或是可琪莉給我當點心的小魚乾。那真是愈嚼愈有滋味！

即使尾巴被琪琪用沾滿口水、黏答答的手拉得痛得要命，而且只有琪琪受到寵愛，但只要待在那個家裡，自己沒有餓過一天肚子。但是，牠不想每天過得心不甘情不願，牠想成為家人最重要的那一個心肝寶貝。然而，誰知道沒有食物會如此讓人不安，失去自信。

吉吉踮起身體，轉頭看往琪琪家的方向。

膽小鬼！只不過是肚子餓就要投降，夾著尾巴回去要食物了嗎？你還想繼續每天活在琪琪的陰影下嗎？

世界上的貓都是自己想辦法找食物生活下去。所以，自己沒有辦不到的道理。再怎麼說，自己的體內也流著旅貓的血液。

於是，吉吉決定繼續前進。

這麼走一陣子、休息一陣子的過程中，夜晚再次到來。今天吉吉依舊什麼也沒吃到。牠就這麼躺在地上，轉頭望向天空，一整片的星星映入眼簾。看著看著，星星似乎在對自己說什麼。

要不要過來，來到我身邊？

這天晚上，吉吉看著一點一點的星光，在不知不覺間睡去。

吉吉在螫眼的光亮中醒來，發現已經是早上。牠的肚子叫得更厲害，身體開始輕飄飄的，完全使不出力氣。現在吉吉只想趕快吃到東西，不管什麼都好。牠搖搖晃晃的在枯萎的草叢中四處尋覓。

忽然，眼前出現一個跳來跳去的東西。仔細一看，是綠色的小蟲。吉吉整個撲上去，那隻小蟲卻從牠的掌間鑽出，不慌不忙的跳走了。

「真丟臉。」

「看不下去啊——」

身旁冷不防的傳來說話聲。

吉吉嚇得跳起來，一屁股跌坐在地。仔細一看，眼前總共有三隻貓——兩隻虎斑貓，跟一隻白貓——面露狡黠的笑容看著自己。

「連一隻蟲都抓不到，你還算是貓嗎？」

其中一隻貓轉了轉眼珠，嘲諷吉吉。

「不過，我勸你放棄那隻蟲。臭得要命喔！」

「看樣子，你連什麼能吃跟什麼不能吃都分不出來。真是丟光貓的臉囉。」

另外兩隻貓也毫不留情的譏笑吉吉。

「喂，你是哪裡來的？」白貓問道。

吉吉被三隻貓輪番數落，徹底陷入一片慌亂。牠張著嘴巴，半天說不出話。

「琪琪，琪琪。」好不容易，牠才勉強擠出這幾個字。

「啥？還有一隻叫做琪琪的貓？」

「可不可愛？」

「還是帥哥？」

「不，不是……是嬰，嬰兒，人類。」

「搞什麼。你被人類收養？」

「才，才不是！是他們來拜託的。拜託我，當她的，朋友。」

「哈！『朋友』？那你為何不回去找那位朋友大人？」

吉吉回答不出來。現在連牠自己都搞迷糊，為什麼不回琪琪的家。

「嗯……因，因為，我想成為女貓……不對，是旅貓……我的媽媽也是旅貓。」

三隻貓聽了，又露出瞧不起的笑容。

「那是在炫耀嗎？算了。不管怎樣，看你連一隻蟲也抓不到，大概是不可能啦……所謂的旅貓啊，一定要有夠堅強的心靈。因為大家都認為，孤單獨行才是最好的。旅貓在所有貓當中，是最厲害的一群，有辦法在各地打點願意照顧自己的人家，獨自到處旅行。這可不是一般的貓辨得到的。

「你啊，還在那裡『媽媽、媽媽』的，未免也太幼稚了。差不多該有點大人的樣子吧。真難看。」

其中一隻虎斑貓發出不屑的聲音。

聽到對方說得一點也不留情，吉吉不甘心的鼓起臉頰。牠也有自己的理由……等等，真的有嗎？

「你們也是旅貓嗎？」

「哈！什麼『你們』，少得意忘形了。我們過得更自由自在，想做什麼就做什麼。雖然大家都用『野貓』稱呼我們。」

這時，對方舉起前爪，往身旁的草叢迅速一撥，

伸到吉吉的面前。牠的手掌上多了一隻蠕動的蟲。

「吃吧。」

「可以嗎？」

吉吉怯生生的用爪子夾起蟲，放入嘴巴咬下，口中立刻有什麼東西噴出。同時，牠的全身也開始暖和起來，重新恢復活力。

「蟲要這樣抓才對。懂了沒？但我看你啊，大概是做不到啦——」

「我也能跟你們一樣，成為自由自在的貓嗎？」

「哪有那麼簡單，勸你早點死心。就連抓一隻蟲，都需要長期的修練。」

一隻虎斑貓故意用尾巴掃一下吉吉的臉。

「話說回來，總覺得你說話的方式有點奇怪。聽起來像貓語沒錯，但是不太純正。若說是人話，感覺也不太自然。我們吃過不少苦，所以多少能從第六感得知。不過，你究竟是什麼傢伙？半人半貓？還是化成貓的妖怪？」

「我覺得自己是很普通的貓啊。」

吉吉小聲嘟囔，不太服氣的低下頭。

說真的，自己到底是誰——牠的腦袋已經一團混亂。

我一直覺得，自己是琪琪的哥哥……

「你還是回去吧。」

虎斑貓似乎看透吉吉的內心，這麼告訴牠。

或許真的如牠所說，回去那個家比較好。琪琪、可琪莉一家人的面貌，逐漸浮現在吉吉的腦海。

我並沒有被欺負……也不是跟她吵架……只是我自顧自的鬧脾氣。

吉吉踩著不穩的腳步，改變方向。

「喂，你知道回去的路嗎？」虎斑貓在後面追問。

吉吉前後左右看一圈，才注意到身邊淨是比自己高的草叢。抬頭往上看，草叢的縫隙間隱約可見一座小山丘。

「我認識一個叫做邁娜的人。」

「喔？但你不是她家的貓吧。」
「不是。不過，找到她家的話……應該就能找到我的家。」
「邁娜家啊，我們也很熟。」
「天冷的時候，常去那裡的稻草屋避寒。」
吉吉的眼睛泛起淚水。牠終於安下心來。
「那個稻草屋……我也待過……好溫暖……還有熱熱的粥……」
「喂，你說話愈來愈奇怪囉，都快聽不懂了。真是個怪傢伙。你其實很想回去吧？快點回去！」
虎斑貓這麼勸牠。
「看到那座山丘了吧？往那裡一直走。途中有條小河，來的時候應該多少想辦法渡過了吧？你這個小妖怪。過河之後，就能看到邁娜的家了。」
「但我還是不懂，你到底是什麼貓？」
「好的。謝謝你們。」吉吉沒有回答，只是低頭向牠們道謝。現在的吉吉，仍然得不出答案。

吉吉按照虎斑貓的指示走著，總算看見邁娜的家。牠瞥一眼正在庭院收衣服的邁娜，繼續搖搖晃晃的往前走。又走了好一段時間，牠終於回到琪琪的家，最後在家門口不支倒地。

「啊……吉吉！吉吉！」

琪琪聽到外面的聲響，突然站起來，跌跌撞撞的走向門口。可琪莉跟在她的後

面，將門打開。

不出所料，她們看見虛弱的吉吉倒在外面。

「吉吉！吉吉！」

琪琪伸出雙手，撲到吉吉身上。可琪莉沒說什麼，直接抱回屋內，再讓吉吉躺到牠的被窩。

「吉吉！吉吉！吉吉！看看！看看！」

琪琪整個人趴在吉吉身上，不停喊著。

她的眼中都是淚水。

「琪琪，牠被壓得很不舒服喔。」

可琪莉把琪琪抱到一旁，讓她坐好，再為吉吉蓋上毛毯。

吉吉的身體動也不動。從剛才開始，琪琪與可琪莉的你一言我一語，牠都聽得相當清楚。現在聽到這些聲音，牠開心得不得了。

不過，牠還是故意緊閉雙眼。

「吉吉，喜歡，最喜歡！」

琪琪再次整個人貼上去，把臉湊到牠的身上蹭個不停。

這時，吉吉突然用前腳推開琪琪的臉，用魔女貓的語言告訴她：「我好餓！」

「琪琪，牠說什麼？」

可琪莉仔細看著他們。

「飯飯！飯飯！」

「這樣啊。你們已經可以溝通了嗎？你們兩個啊……每次都是突然間就蹦出什麼事情，讓媽媽嚇一跳——」

可琪莉的聲音愈來愈輕盈，逐漸變成一首歌。

所以啊　所以啊
魔女的魔法　魔女的魔法　會持續下去
從今以後　永遠不斷

喵喵　喵喵

她哼著歌，走進廚房。

麵包粥　準備兩份
牛奶　也要兩份
鹹味　也要兩份
一點點砂糖　也要兩份
麵包粥　咯咯笑起來
嗨呀　我的歌聲多美妙

可琪莉的心情好得不得了。
她將兩份麵包粥端上桌。

「吃飯囉！」

琪琪聽到叫喚，急急忙忙的爬上椅子。吉吉也拖著疲憊的身體攀上桌子，四肢併攏坐好。

「哇——吉吉好有教養。那麼，琪琪也跟牠一樣，試著自己吃吃看。記得說『開動』喔。」

可琪莉幫琪琪握好湯匙。

吉吉吃完後，還把盤子舔得一乾二淨。琪琪看了，也有樣學樣，把黏答答的湯匙跟手指舔乾淨。

吉吉跳上沙發，四腳朝天躺下。牠已經完全恢復精神。

「呼——吃飽了，吃飽了！」

牠的肚子還鼓起來。

琪琪也拉起衣服，露出自己的小肚子，用魔女貓的語言說：「呼——吃飽了，吃飽了！」去年的凸肚臍現在已

經差不多消了下去。

「我的肚子比較鼓！」

「我的才鼓！」

兩個又像以前那樣，開始比賽誰厲害。

吉吉看了一眼琪琪的肚子，說：「好像……一樣鼓呢。」

現在的牠似乎認為兩人平手也沒關係——不，應該說平手還比較好。

「嗯。一樣一樣！」

琪琪也開心得跳上跳下。

「你們在高興什麼？」可琪莉問道。

「沒有，沒有！」

琪琪只這麼回答她，接著轉頭告訴吉吉：「……祕密！吉吉，是祕密喔。」

吉吉也揮一下尾巴，附和道：「沒錯！」

「啊呀——」

可琪莉露出笑容。她既感到高興，同時又有點寂寞。

我被他們排擠了！

這時，已經分開居住好長一段時間，可琪莉的魔女貓「米米」慢吞吞的來露臉。

「啊，是米米。好久不見。」

可琪莉開心的抱起牠。

「我問妳。還記得我們的暗號嗎？」

被這麼一問，可琪莉盯著米米，眉頭逐漸擠在一起。看樣子，牠早已忘得乾乾淨淨了。

「唉。是『這樣這樣，那樣那樣』啊。」

「對喔。想起來了！」

牠點點頭，目光變得縹緲。他們以前要是做了什麼調皮的事，都會對彼此說「這樣這樣，那樣那樣」，代表「要保密喔」。當小時候的可琪莉把母親細心栽培的花朵全部摘下，拿去開小花餐廳時，也跟米米約定：「這樣這樣，那樣那樣。一定喔！」

後來被母親發現，挨罵的時候，他們還異口同聲的說：「是烏鴉摘的啦。」

琪琪與吉吉之間，是否也產生了這樣的祕密——只屬於彼此的魔法呢？

4

玩具掃帚

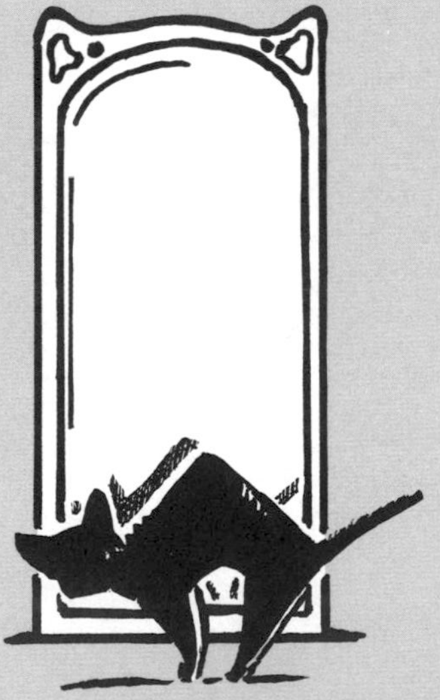

琪琪跟吉吉滿三歲了。

以一般的貓來說，已經算是長大的成貓。但是對魔女貓來說，不會發育得這麼快。不過，現在的吉吉開始有了這樣的念頭：

自己的一舉一動跟說話方式，別再像個小嬰兒了。

每當琪琪發出稚嫩的幼兒語調跟牠說話，牠便覺得難為情，渾身上下不自在。

吉吉跳上桌子，觀察鏡中的自己。邁娜曾經說過：「開始學會吃粥的話，就是一隻成熟的貓。」但是，不管牠怎麼看，自己仍然留有一些稚氣。尾巴的毛稀稀疏疏，身體也顯得單薄，不夠強壯。牠試著擺出各種姿勢，發出歌聲般的喃喃低語。

不要再像個小孩子了——

要當一隻帥氣的貓——

吉吉嘗試挺直背脊，收緊肚子，抬起下巴。不過，唯獨尾巴怎麼樣都無法掩飾。

在毛長得更茂密之前，只能繼續耐心等待。終於找出一個比較滿意的姿勢後，牠保持這個姿勢動了起來。

「嗯？吉吉，你怎麼了？全身僵硬得跟三角板一樣。」

歐其諾看到牠，這麼說道。

「去外面晒晒太陽吧。琪琪也在院子玩喔。」

可琪莉也如此建議。

非常可惜，夫婦倆完全會錯意。即使是貓咪吉吉，也有許多煩惱。

好想趕快長大！變成帥氣的大人！

同一時間，庭院裡的琪琪左右搖擺身體，唱著不知名的歌。

石頭先生　泥巴先生
樹根哥哥　葉子妹妹
蝸牛姊姊　蚯蚓弟弟

琪琪身上衣服的兩個口袋鼓鼓的，似乎隨時都會裂開。

她的聲音愈來愈小，最後「嘿喲」一聲，一屁股坐到地上。

「啊——呀。好重，好重。」

吉吉靠上前去，發現她滿臉都是泥巴，手也黏答答的。

「妳怎麼弄得這麼髒！」

「來，吉吉你看。他們都在我的口袋裡睡覺覺。」

琪琪開心的打開口袋。吉吉伸長脖子，看了進去。

口袋裡面裝了滿滿的石塊、泥巴團、樹根，以及樹葉。另外還有蠕動不停的蝸牛跟蚯蚓。一陣說不出的氣味撲過來，弄得吉吉的鼻子搔癢難耐，牠忍不住打了一個大噴嚏。

「他們迷路了。所以我讓他們住進口袋。」

這時，一隻蚯蚓探出頭來。

「你想到外面嗎？好啊。」

琪琪將手伸進口袋，拉出那隻蚯蚓。

「其他人也出來吧。」

接著，她又一個一個取出其他東西，放到庭院的大石塊上。

全部放好後，她對吉吉露出高興的笑容，似乎對自己的表現很滿意。

「吉吉，你也一起晒太陽吧。」

吉吉考慮了一下，最後乖乖點頭。

還是老樣子，像個小嬰兒。真拿妳沒辦法，我就奉陪吧。

又過了一年的二月二日，琪琪滿四歲了。不用說，吉吉也增加一歲。

這天早上，可琪莉將某樣東西藏在背後，走向琪琪面前。

「琪琪，生日快樂！」接著將背後的東西秀出來。

「來，這是送你的禮物。」

這個東西像一把小掃帚，又像雞毛撢子。仔細觀察的話，會發現是由縫紉用的尺和稻草束捆綁而成。

「媽媽特別為妳做了一把玩具掃帚，還繫上可愛的緞帶喔。要不要趕快騎騎看？」

「我要騎！我要騎！」

琪琪興奮的一把搶過掃帚，抬起腿跨坐上去。下一秒，掃帚載著她浮起，離地面大概有三十公分。琪琪就這樣騎在掃帚上，繞著餐桌慢慢飛行。

「哇！浮起來了，浮起來了！已經會飛了嗎？」

可琪莉相當驚喜，摀住嘴巴，看著她飛來飛去。

歐其諾也從房裡出來。

「哇——」

他半張嘴巴，凝視琪琪好一會兒，之後露出複雜的表情。

「果然是母女呢。奇妙的事情終於開始出現了。」

「哇！哇！」琪琪開心的笑著。

吉吉同樣驚訝的睜大眼睛。

「媽媽，媽媽，媽媽。我也會像妳一樣，能在天空飛嗎？」

琪琪乘著玩具掃帚，這麼問道。

「對啊。等妳以後長得更大，真的想在天空上飛的話，就可以喔。在那之前，先用小掃帚玩吧。」

「一定會！我一定會想在天空飛！」

琪琪信心十足發出宣言。她激動的頭上滲出汗水。

「我也是！我也是！」吉吉也興奮的叫著。

魔女貓吉吉終於要正式登場啦！

「吉吉，你也上來！」

坐在掃帚上的琪琪對吉吉伸出手，吉吉也朝掃帚跳起。

可琪莉的話還沒說完，只見吉吉一個撲空，「咚」的落回地面。

「喔？你真的也要騎？」

「看來，還得多多練習呢。」她笑著這麼說道。

可琪莉沒有說「不可以騎」，這點讓吉吉滿高興的。在此同時，牠也感到有點不是滋味。為什麼琪琪一次就騎上掃帚，自己卻還得練習……

歐其諾交叉雙臂，看著他們，然後說：

「嗯……我長年研究妖精、魔女這些不可思議的存在。現在能近距離親眼觀察魔女的成長，真是太幸運了。」

「不過啊，這可能比研究書籍還困難喔。連我自己都很驚訝。原本只是做個玩具給她，想不到還真的飛起來了！」

可琪莉仍然一副不敢置信的樣子。

「是沒錯啦。實際觀察說不定比閱讀文獻有意思得多。」

歐其諾說到這裡，忽然陷入沉思。

「從開始到現在，還真沒有一件摸得著頭緒的事。琪琪剛滿四歲，便在沒有人教導的情

況下，騎著玩具掃帚飛起來。還在不知不覺間，學會用魔女貓的語言跟吉吉溝通。我讀過的研究書籍裡，從來沒出現過這種案例。看來，魔女仍然存在太多太多的祕密了。」

「真要說的話，我們自己又了解些什麼呢？雖然我成為魔女後也過了這麼久，我還是完全不了解自己。當初到底怎麼成為魔女……我只記得，自己在滿十歲時這麼向母親要求，然後她就答應了。」

「是啊。不論在哪裡，總會出現不懂的事情。這樣想想，也滿不可思議的。每次覺得自己明白了什麼，總是維持不了多久，便又出現無法理解的事情。這不正是『不可思議』的醍醐味嗎？那種『不了解』的趣味，是永無止境的。」歐其諾如此對自己說著。

「我的母親啊，總是告訴我——『不可以因為是魔女就覺得了不起』。能飛的確很特別，但不因此代表自己很特別。」

可琪莉也頻頻點頭。

「喔……這句話真有深意。既特別，又不特別……」

歐其諾看向騎在掃帚上、一臉稀鬆平常的琪琪，以及追在她後面、拚命想跳上掃帚的吉吉。

「總之，繼續期待吧。我已經有點等不及囉。」

琪琪相當中意她的玩具掃帚。每天只要是醒著的時候，幾乎都騎在上面。而吉吉當然也追在後面，努力的想搭上去。

「媽媽，我可以當小幫手，去艾里阿姨的店買東西喔。只要騎著掃帚，再大的東西也能帶回來。」

琪琪似乎已經很熟練。

不過，可琪莉皺起眉頭，端詳她好一會兒，最後還是緩緩搖頭。

「不行喔，還不可以去外面，只能在屋子裡面飛。妳還沒成為正式的魔女，不可以隨便向別人炫耀。等妳再長大一些，自己決定真的要成為魔女後，媽媽再用樗樹跟柳樹的樹枝，幫妳做一把好掃帚。到時候，妳要飛到更遠的地方或天上都可以喔。在那之前，先乖乖忍耐一下。」

「人家早就決定要成為魔女了！」

琪琪不服氣的噘起嘴。

「真正下定決心時的心情，是很特別的。另外，時間同樣很重要。妳現在還小，就算決定了什麼，也可能之後還會改變心意喔。」

「才不會！」

琪琪抬起下巴，想展現自己的決心。

「真的是這樣就太好了。媽媽也會很高興。不過，妳還是要等時間到了再決定。現在對妳來說還太早了。」

「一定會，一定會！我已經決定了！」

琪琪用力拉扯可琪莉的裙襬。

「好好好，知道了。但是，現在還是只能在屋子裡面飛喔。」

「為什麼？因為我還小？明明已經不小，都快要五歲了！」

「沒有錯，但還是得等妳再大一些。」

「那要多久？六歲，還是七歲？」

「還要更大。當妳滿十歲，就要自己做決定。這是魔女的規定。在那之前，就耐心等待吧。」

可琪莉說完，輕輕撫摸琪琪的頭。

琪琪對她的玩具掃帚愛不釋手，連晚上睡覺時都要抱著它。相對的，吉吉則對它沒有什麼好感。這個玩意兒飛行的速度明明不快，每當牠要跳上去時，就會被拋飛。其他像是餐桌、櫃子之類的東西，總是能輕而易舉的攀爬，唯獨這把掃帚，不知為何就是拿它沒轍。

可琪莉也說了，要多加練習才行。可是，到底要怎麼練習……

吉吉爬上屋頂，思考該如何是好。這時，城鎮中央廣場上的高大樹木映入眼簾。在風中輕柔搖擺的樹枝，彷彿呼喚著牠。

「我想到了！」

吉吉一路直奔廣場，爬上那棵大樹，以高處的樹枝為目標。因為牠想到，未來總有一天，牠會乘上真正的掃帚，在高空飛行。

吉吉的身體輕盈，腳力強勁，所以過程十分順利。牠朝頂端一個勁兒的爬，當察覺時，已經快到樹的最高處。吉吉將頂端的樹枝想像成掃帚，跳上去後，爬到最前端，抱持在空中飛的心情，跟著樹枝輕輕的晃來晃去。

吉吉覺得舒服極了。茂密的樹葉互相摩擦，發出沙沙聲響。牠得意起來，晃得更加用力。

這樣就沒有問題了！牠來到的這個地方，可是比琪琪的玩具掃帚能飛的地方更高出許多。

吉吉自信滿滿的往底下一瞧——

「呀啊啊啊——」

未免也太高了吧！隔著層層疊疊的樹枝，地面看起來好遠好遠。

吉吉嚇得趕緊退回樹幹。結果，當牠一挪動身體，樹枝立刻大大的搖晃。牠連忙緊抱住樹枝，發出大叫。

「喵呀——喵呀——」

吉吉愈叫，樹枝晃得愈劇烈。牠已經連一步也動彈不得。

廣場上的人聽到淒厲的叫聲，紛紛抬起頭查看，聚集到大樹附近。

「這是什麼聲音？」

「鳥嗎？還是野獸？該不會是怪物吧？」

「不對。你們快看上面。」

「咦，那不是琪琪的貓嗎？」

「不會吧！」

「竟然爬到那麼高的地方，現在該怎麼辦？」

大家盯著吉吉所在的樹枝，心裡七上八下。有人還打算爬上去救牠。

「沒辦法的。太高了。」

「喵嗚——喵嗚——」

吉吉的哀號愈來愈激烈。

這時，琪琪也匆匆忙忙的趕到廣場。吉吉一看到琪琪，身體立刻顫了一下，隨即從晃動的樹枝上滑落。

「呀啊——」

下面看的人不禁閉緊眼睛。吉吉穿過茂密的樹葉叢，被底下四、五層的粗樹枝接住，才免於繼續往下摔。

「啊……呼。」

大家看到吉吉沒事，紛紛鬆了一口氣。

「吉吉！吉吉！」

這時，吉吉聽見琪琪的哭喊聲，瞬間回過神來，重新坐直身體。

得小心的爬下去才行。

吉吉伸出爪子，謹慎的在樹枝間一步一步移動。

底下的人個個忐忑不安。在大家緊張的注視之下，吉吉總算順利回到地面。琪琪立刻跑過去，用力抱住牠。

大家也紛紛擁上前，你一言我一語。

「太好了，琪琪。妳最重要的吉吉平安無事。」

「剛剛真的好擔心，會發生什麼事。」

琪琪仍然哭個不停，鎮靜不下來。

「好了，你們兩個一起回家吧。」

「嗯。」

琪琪這才抹掉眼淚，用力的點頭。吉吉也靈巧的跳起，攀上她的肩膀。結果，琪琪一個重心不穩，整個人跌坐在地。

「吉吉，你很重耶。」

「咦，會嗎？」

周圍的人見了，忍不住大笑出聲。

事後才得知這場騷動的可琪莉，說道：「吉吉像這樣多玩玩，一定也能掌握騎掃帚的訣竅喔。」

吉吉聽了，老大不高興。還在那邊悠哉的說什麼話！完全大錯特錯！駕馭那把掃帚才不是那麼簡單的事！

「是妳要我多多練習，我才那麼拚命練習的！那不是什麼玩耍！」

只不過，可琪莉當然聽不懂吉吉的抱怨。

接下來，輪到琪琪開口。

「媽媽，吉吉爬下樹的時候，是從屁股下來的喔。像這樣扭、扭、扭，好厲害！對吧，吉吉。」

她還模仿吉吉扭屁股的模樣，咯咯咯的笑起來。

吉吉同樣不滿意這種說法。琪琪明明哭得那麼大聲，現在竟然還敢嘲笑自己。什麼屁股扭來扭去的，很丟臉耶……

吉吉本來想回嘴，但最後還是打消念頭。因為牠想了很久，只想出「哼，誰教我是一隻認真的貓」這句不解風情的辯解。

吉吉湧出許許多多的情緒與想法，有溫柔，有關心，有認真，也有懊悔。牠不知道該如何好好用言詞表達出來，但唯有一件事可以確定——

我不像琪琪那麼單純。我比她還要大，遠遠的走在她前面。

5 不可思議的女孩

琪琪滿五歲了。溫暖的春天再度來臨，琪琪家後方的山坡開滿整片黃花，地面彷彿跟著鼓了起來，踩上去鬆鬆軟軟的。她曾經在那座草山的蘋果樹下，循著土撥鼠的噴嚏聲，到處分送母親製作的藥。

某天，琪琪帶領吉吉，一邊揮舞她的玩具掃帚，一邊唱著歌，走在草山上。

出門散步　咚咚咚
好不好　好不好
還是要跳繩　咚咚咚

腳下的地面彷彿也發出「咚咚咚」的聲響，琪琪的興致愈來愈高。

「你們在做什麼?」

突然間，身旁傳來說話聲。低頭一看，有個女孩子躺在花叢之中。琪琪嚇了一跳，趕緊停下腳步，將吉吉抱起來。

「做什麼……我們在玩啊。」

「是喔。」

女孩從地上站起來。她的洋裝點綴了繽紛的花朵，有紅色、黃色、淡紫色、橘色，相當好看。手上的淡紅色提袋也很別致。她對琪琪晃了晃那個提袋。

「那是什麼？」

這名女孩的全身上下還有蕾絲裝飾，打扮得非常可愛。琪琪看得目不轉睛。

「好漂亮！」

「這可是我最喜歡的手提包喔。」

女孩又晃了晃手上的提袋，裙子跟著輕輕擺動。她的腳上是一雙白色短襪，以及繫著紅色蝴蝶結的紅鞋子。

「那是什麼？妳的包包嗎？」她指著琪琪的玩具掃帚問道。

「不是。」

琪琪突然支吾起來，把掃帚藏到背後。

「我叫做『美巧』，妳的名字呢？」

名叫「美巧」的女孩，筆直的看向琪琪。

好奇怪的名字——琪琪在心裡這麼想，同時回答她：「琪琪。」

「那妳的貓有名字嗎？」

「吉吉。」

琪琪只擠得出最簡短的話語。現在的她覺得有點羞愧，又有點想發脾氣。

「我是來奶奶家玩的。我今年六歲囉，六歲又三個月。妳呢？」

「五歲。」

「五歲幾個月？」

琪琪的嘴角下沉成八字，她一下子回答不出來。這時，懷裡的吉吉抬起頭，用魔女貓的語言告訴她答案。

「五歲又三個月啦。」

「三……三個月。」她這才吞吞吐吐的說出口。

「剛才那隻貓說了什麼嗎？」

「沒有啊。」

琪琪用力搖頭。

「騙人！明明就有！」

她故意聳聳肩，裝作什麼都不知道，把吉吉放到地上。

吉吉也若無其事的樣子，裝模作樣的打了一個大呵欠。

「美巧，妳那個袋子……」

「就說是『手提包』了。」

「那裡面裝了什麼？」

「戒指、髮飾，跟手帕。」

美巧解開提袋的釦子，從裡面拿出戒指，套上左手的中指。戒指上的桃紅色玻璃閃閃發光。

她又拿出黃綠色的髮飾，繫在頭上，然後揮揮小花圖案的手帕，炫耀似的轉了一圈。接著，她對琪琪從頭到腳打量一番。

「嘿——妳喜歡哪種顏色的衣服？」

美巧的嘴角上揚，笑了起來。

琪琪默默的低下頭。她身上的衣服，只有單調的黑色與灰色條紋。

「剛才聽到妳在唱『咚咚咚』的，是在玩什麼？」

美巧的問題一個接著一個。

「沒……沒什麼。」

琪琪用鞋子摩擦地面，扭捏的回答。

「是嗎？那你們繼續玩。我回去看我的天空。」

美巧再次躺回草地上。

「妳在看什麼？」

琪琪蹲到她的身旁，下定決心開口詢問。

「看天空啊，沒有盡頭的天空。我在等我的朋友。」

「妳的朋友？誰啊？」

「不知道。不過，枝繪奶奶說她會從空中下來。」

原來她的奶奶就是那個愛抱怨的枝繪奶奶啊。

琪琪也聽說過枝繪奶奶，知道她非常纖瘦，而且走到哪裡，抱怨到哪裡。舉例來說，她會在經過某戶家門口時說「這塊石頭真擋路」，對賣菜的艾里抱怨「妳看，葉子都黃掉了」，或是拿回送洗的衣服時，說「這件上衣根本沒洗乾淨」……

不只如此，琪琪從來沒看過她笑的樣子。枝繪奶奶那樣說是騙人的，不能相信——不過，琪琪沒有把這些話說出口，只是扯著手邊的草。

「琪琪，妳也躺下來看看嘛。」

這時，美巧這麼對她說。

人從天空中出現這種事情，根本不可能發生……會在空中飛的，只有自己的媽媽可琪莉才辦得到。不過，實際看向澄澈的藍天時，胸口不知為何感覺痛痛的，內心也寂寞起來。

琪琪緩緩的躺到草地上，並且對身旁的吉吉說：「吉吉，你也試試看。」

雖然吉吉鼓起身體，顯得不太願意，牠還是乖乖的躺下。

就這樣，大家一起看著天空。耀眼的色彩讓琪琪快睜不開眼睛，她努力忍耐，將視線停留在天上。

藍色的天空延伸得好遙遠，好遙遠。盡頭真的存在嗎……如果有盡頭，又會是什麼樣的地方，什麼樣的顏色……

陽光愈來愈強烈。

「啊啊——好熱，好刺眼。受不了了。」

美巧突然站起身，舉起拎著提袋的手。

「呀！」她簡短的應個聲，順著山坡跑下，一路遠去。

「呼——」

吉吉發出低吼。琪琪爬起身後，則是望著美巧那像花瓣般擺動的裙子，久久無法回過神來。她還依稀聽見斷斷續續、清脆的口哨聲，不知道是不是幻覺。

那天，美巧那件飄逸的裙襬，在琪琪的腦海裡揮之不去。她試著模仿美巧，晃了晃自己的裙子，結果只像一團烏黑的煙霧，一點也不可愛。

夜晚睡覺前，她下定決心，向可琪莉提起這件事。

「媽媽，我想要一件有小花圖案的可愛洋裝。」

可琪莉聽了，略帶訝異的呼了口氣。

「嗯？怎麼突然有這個想法？」

「今天啊，我在草山上遇到一個女孩。她有個好可愛的手提包，還穿著好漂亮的花朵衣服，裙子會像這樣飄起來喔。而且，紅色的鞋子上還有蝴蝶結，我也好想要！」

「原來如此……其實啊，以前媽媽跟妳一樣大時，也很希望有一件花朵圖案的衣服。因為那時交到的第一個朋友，同樣穿著很可愛的花洋裝。

「不過呢，魔女家的孩子，穿衣打扮還是要簡單些，別引人注目比較好。

「再說，我們魔女的這身黑色，才是世界上最美麗的顏色。大家都說魔女的黑色，可是黑色中的黑色，而且只有魔女才可以穿，是非常漂亮的顏色喔。」

可琪莉輕輕拍著琪琪的背。

「明白了嗎？好，趕快睡覺囉。」

她這麼說完，便關上房門離去。

原本窩在琪琪腳邊睡覺的吉吉，起身說道：「琪琪，可琪莉怪怪的喔。她送你玩具掃帚的時候，不是說現在只能在家裡飛，等到成為魔女之後，才能到外面飛嗎？那不就代表妳現在還不是魔女？就算不提掃帚的事，既然現在不是魔女，跟妳說什麼魔女要簡單的黑色比較好，不是很奇怪嗎？」

琪琪想了一下，覺得吉吉的話有道理。自己又還沒正式決定要成為魔女，那不就代表可以穿有小花的漂亮衣服了嘛！

可琪莉與歐其諾已經進入夢鄉，琪琪則還是睜著眼睛。現在，她的腦海裡，滿是美巧那件可愛的花洋裝。

接著，她突然爬起身。腳邊的吉吉嚇了一跳，整個跳了起來。

「我也想穿有花朵的衣服！」她低聲說道。

「但妳沒有那種衣服吧。」吉吉告訴她。

「自己做就好啦。」

「沒辦法吧。家裡的布料都是黑色、灰色跟白色，根本沒有花朵造型或其他顏色。」

「我自己做！」

吉吉不可置信的搖搖頭。

「自己做布料？絕對辦不到吧！」

「辦得到！好了，你繼續睡吧。我會自己做。」

琪琪躡手躡腳的打開衣櫃，拉出一條白色桌巾。

「還是算了吧。」

吉吉眨了幾下惺忪的雙眼，最後還是倒回去睡覺。

「自己畫就有啦。」

琪琪拿出三歲時歐其諾送給她的蠟筆，在桌巾上畫滿紅色、桃紅色、橘色、黃綠色的小花。她畫得相當起勁，即使蠟筆折斷了，也不在意。

「好，完成！」

琪琪將桌巾完全攤開。

雖然模樣有點奇怪，她還是將五顏六色的桌巾披上肩膀，站到鏡子前。想像著鏡中的自己，全身上下開滿了一團一團的小花。

「要不要在中間剪個洞，從頭上套下去。那樣更像一件衣服喔。」

吉吉稍微睜開眼睛，這麼建議。

「咦，你還醒著呀？」

「我也很在意，根本睡不著啊。」

「是嗎？其實，你也很想穿漂亮的衣服吧？」

琪琪在桌巾的中央剪出洞口，又在角落剪下一塊三角形。她把桌巾套上身後，再將剪下的三角形繫到吉吉的脖子上。

「是不是很棒？這樣我們都變得很可愛了。」

琪琪對自己的成果相當滿意。

「還不壞啦。」

吉吉似乎也不排斥。

「我要穿出去，給美巧和大家看。」

琪琪興奮得不得了。

「也要給可琪莉看嗎？」

吉吉這麼一問，她像是被澆了一盆冷水。

「還是先對她保密比較好吧……」

最後，吉吉這麼安慰她。

翌日，等可琪莉出發去隔壁的村子配送「噴嚏藥」之後，琪琪瞞著一如往常在閣樓讀書的歐其諾，帶著昨晚做好的花朵衣服出門。吉吉當然也跟在後面。

一進入通往城鎮的小路，琪琪立刻套上花朵衣服，將布料披滿全身。接著，她再把三角布繫到吉吉的脖子上，當成領結。

「喔？」路過的行人紛紛看向他們。

「啊！」對面也傳來驚訝的聲音。

「很漂亮喔！」還有人發出讚美。

琪琪跟吉吉得意極了。他們抬頭挺胸向前走，前往枝繪奶奶的家。琪琪要讓美巧第一個欣賞她的衣服。這可是琪琪做的，她覺得自己很了不起。

「嗯？」

枝繪奶奶看到琪琪，不禁睜圓眼睛。

「這不是魔女家的小鬼頭嗎？來這裡做什麼？」

「請問美巧在家嗎？」

琪琪裝出小大人的樣子。

「美巧？誰啊？」

枝繪奶奶皺起眉頭。

「一個女孩子。她說是枝繪奶奶的孫女，最近來這裡玩。」

「我才沒有什麼孫女。順便告訴妳，我也沒有什麼弱不禁風的貓。」

她滿臉不高興的看著琪琪。

「……」

琪琪頓時說不出話。枝繪奶奶一定又是故意找麻煩——她心裡這麼想著。

「可是……昨天我才見過她。就在草山上。」

「真是麻煩的小鬼。不是說了，我根本沒有孫女嗎？要不然，妳自己大聲叫她看看。這屋子就只有一個房間，沒什麼地方好藏。」

琪琪轉頭看向屋內。

「美巧——」

她用如蚊子般細小的聲音叫喚。

「是我，琪琪。出來玩吧。」

屋內沒傳來任何回應。門口除了枝繪奶奶的鞋子與拐杖，沒有其他東西，更不用說繫著蝴蝶結的紅鞋子。

「妳叫琪琪是吧？那身打扮是怎麼回事？難道不想當魔女，要

改當幽靈不成？」

「再見……」

琪琪用快要聽不見的微弱聲音說完話後，立刻轉身衝了出去。她的腦袋一片混亂。如果枝繪奶奶真的沒有孫女，那個叫「美巧」的女生究竟是誰？

回家的路上，她仍然到處東張西望，尋找美巧的蹤影。

「喔？琪琪，那身裝扮很花俏呢。在扮演幽靈嗎？」

騎著腳踏車賣牛奶的大哥對她招呼。

「是啊。」

琪琪沒好氣的回應，嘴角不高興的往下沉。

經過艾里阿姨的蔬果店時，她停下來詢問：「阿姨，妳認識一個叫『美巧』的女生嗎？」

「『美巧』？好奇怪的名字。我不認識，也沒聽說過呢。妳在找她嗎？」

「……」

琪琪只是點了點頭，說不出任何話。

「要是打聽到什麼的話，我會告訴妳的。話說回來，妳在跟她玩鬼抓人嗎？」

「可惜她不在這裡喔。」最後，艾里阿姨笑著對她說。

當然可惜啊！不但找不到美巧，連賣菜的艾里都覺得自己辛苦做的衣服像幽靈……想到這裡，琪琪不禁垂頭喪氣。

一回到家，琪琪立刻脫掉小花桌巾，藏到床鋪底下。吉吉也用爪子扯下領結，塞進同樣的地方。

琪琪望向窗外的草山。柔嫩直挺的青草上，點綴著滿滿的黃色花朵。不久之前，才在那裡遇見美巧的……

「她不是說，會有朋友從天空來……」

歸根究柢，「美巧」真的存在嗎？琪琪愈來愈搞不清楚。

她奔出家門，來到草山上。輕柔的花香逗弄著鼻孔，徐徐的微風輕撫她的臉頰。

這時，琪琪產生一個念頭。

該不會，美巧就是從天空來的人？

吉吉一句話也沒說，只是伸長脖子，凝視天空的盡頭。

隔天，可琪莉拿出一條紅色的蝴蝶結。

「好不好看？來，戴戴看。」

她撿起一撮琪琪的頭髮，將蝴蝶結牢牢繫上。

「很可愛喔！趕快照照鏡子。」

琪琪飛奔到鏡子前，欣賞頭頂的紅色蝴蝶結。

「真的很可愛呢。」

吉吉爬上她的肩膀。

「嗯。」

琪琪小小的點頭，蝴蝶結也跟著點了點頭。

「比那件小花衣服好看多了。」

「是嗎？」

琪琪伸開雙手，轉了一圈。

6

琪琪的學校

琪琪度過六歲生日後，新的春天又要到來。

某個空氣潮溼、月光搖曳的夜裡，可琪莉看著窗外時，忽然對琪琪開口。

「琪琪，明天是春分前的滿月。媽媽會跟平常一樣去淨化藥草的種子，妳要不要一起試試看？」

「淨化……又來了嗎？」

琪琪不悅的鼓起臉頰。

「對。一年一次，少不得喔。」

「在半夜嗎？」

「對，半夜。妳已經長大了，今年應該撐得住。一起去吧。」

「嗯……好啦。爸爸也會去嗎？」

「這是魔女的工作，所以只有我們兩人。爸爸不能加入。」

「我也還不是魔女啊。」

「是沒錯……但媽媽希望妳在旁邊看。」

「好吧，我知道了。」

琪琪這才點頭。

「太好了。妳也快要上小學了，這次就忍住瞌睡蟲，一起做做看吧。」

如此這般，可琪莉喜孜孜的開始準備。

次日晚上，月亮果然渾圓飽滿。

「吉吉，要是我不小心睡著，要叫我起來喔。」

晚餐過後，琪琪揉著開始疲倦的雙眼，對吉吉說。

「我又不是魔女，幫不了妳。」

吉吉把視線移到一旁。

「好壞心！算了！」

琪琪氣嘟嘟的噘起嘴。

可琪莉則是充滿幹勁。她在準備的同時，三番兩次來觀察琪琪的情況。

「嗯——太好了。眼睛還睜著。」

「琪琪的第一次，要好好加油！」她還代替琪琪高聲打氣。

「看樣子，根本不用擔心會睡著嘛。」吉吉一副打趣的說道。

午夜時分終於到來。今天晚上天公作美，不見一片雲朵，相當晴朗。滿月高掛在夜空頂端，照遍底下的大地。田裡還沒有任何東西生長，不過已經能聞到淡淡的藥草香。想必連這片土地也很高興，漫長的冬天就要結束，春天即將到來。

可琪莉把裝了種子的布袋和竹簍擺到地面後，坐到它的跟前。

「琪琪，妳也來這裡坐好。」

接著，她輕輕的、低沉的開始吟唱，同時將布袋一個個排上竹簍。

從晨藥草開始

茜草

根種草
種粒草

可琪莉的歌聲像搖籃，在琪琪的耳邊擺盪。琪琪跟著左右擺動身體。在柔和的月光下，她感到身心舒暢。

琪琪第一次聽春分播種歌的感想，是「好像幽靈的歌」。她還說：「為什麼不唱別的歌？還有很多更熱鬧的歌啊。」不過現在，她反而覺得這首歌更像搖籃曲。

茜草——根種草——種粒草——

不知不覺間，琪琪已經閉上眼睛，原本左搖右晃的身體也整個倒在地上。可琪莉瞄了一眼，繼續完成淨化儀式。

「唉——還是太小了嗎……」

她抱起陷入熟睡的琪琪，送回床上。

第二天早上，吉吉高興得不得了。

小小魔女　貪睡蟲！

儀式也撐不住　直接睡得呼嚕嚕！

牠的尾巴翹得高高，一臉幸災樂禍的嘲笑琪琪。

「我躲在窗簾後面偷看到囉！直接睡著了呢，一點都堅持不住。」

「『堅持』……那是什麼意思？」

「就是說妳一點都忍耐不住，一下就睡著了啦。」

「哪有。我也很努力，好好忍耐了！」

「真的嗎？搞不好連月亮啊，看到這次的魔女這麼沒耐力，都

覺得很失望喔——誰教妳一下子也撐不住，就『咚』的倒下去睡著了。」

吉吉還故意模仿她倒下去的模樣。

同時，牠也忍不住自言自語。

但這樣永遠像個長不大的小孩，真的沒問題嗎？只有我慢慢的長大，將來是不可能維持「兩人都一樣」的程度……

「吉吉，過來一下。」

琪琪在桌上攤開白布，擺好蠟筆後，將屋外的吉吉叫進來。

「為什麼不是妳出來？」

吉吉這樣回應。這一陣子，牠開始想對琪琪擺點架子。

「趕快過來就是了。」

最後，牠拗不過琪琪，一臉「真拿妳沒辦法」的樣子，慢吞吞的走進屋。

「來，在這裡坐好，臉轉過來，不要動喔。」

「要求可真多。」

吉吉抱怨歸抱怨，還是按照琪琪的指示，在她的面前併攏前腳端坐。

「對，就是這樣。真聰明！我來畫你的臉囉。」

琪琪拿起黑色蠟筆，哼著歌開始在布上塗鴉。

「要擺出好看的表情喔。上學用的書包啊，要畫上自己最喜歡的人的臉。我最喜歡的就是你喔！」

聽到這裡，吉吉不禁瞪大眼睛。

什麼？琪琪要上學？

吉吉也明白鎮上的小孩要上學念書。不過，琪琪是個特例。如果她將來成為魔女，便得在滿

十三歲時離開這裡，單獨前往其他城鎮生活。到時候，吉吉也會以魔女貓的身分同行。因此，吉吉之前一直認為，學校跟魔女是不會沾上邊的。

一想到琪琪可能前往自己所不知道的地方，牠開始不安起來，小聲說道：「我也要去……」

「你想去學校？」

吉吉點點頭。

「好啊，我去幫你拜託媽媽。」

吉吉鬆了一口氣，伸長脖子，打量琪琪幫自己畫的臉。

「這是什麼？」

這幅畫未免也太難看了，簡直像黏了根貓尾巴的黑色老鼠。

「妳真的要把這個貼在書包上？」

「對啊。我會請媽媽縫上去。很棒吧？」

不過，吉吉決定暫且忍耐。

算了，反正我們一定可以一起上學。

「爸爸，媽媽，吉吉說牠也想去學校。可以吧？」

可琪莉跟歐其諾你看我，我看你，一同嘆了口氣。琪琪與吉吉則是抬起頭，等待他們的回應。

經過一會兒，歐其諾輕啜咖啡，準備開口。微微的焦香隨之飄散出來。

「嗯……怎麼辦呢，恐怕有困難喔……雖然不是絕對不行，畢竟吉吉也很懂事。」

「不行吧。當年我的黑貓米米也說要上學，結果那天，班上同學都吵著要抱牠。最後老師還說，學校是念書的地方。要抱米米

的話，應該到我家裡抱。」

可琪莉轉向吉吉，對牠說：「就是這樣。吉吉，請你理解。」

吉吉往旁邊晃了一下尾巴。這跟平常表達「好」時，甩尾巴的方式不同。

「吉吉，我在學校學的東西，回來都會教你。這樣你也等於去上學了。」

琪琪用魔女貓的語言安慰牠。

吉吉把眼睛轉回正中央，思考了一陣子，又往旁邊晃一下尾巴。看樣子，牠仍然不太能接受。

當山櫻桃綻放淡紅色花朵的季節到來，琪琪正式成為一年級新生。她打起精神，背著縫上被吉吉認為是老鼠臉的書包，開心的上學去。放學後，她還帶朋友回家，向他們介紹：「這是我的貓咪吉吉，大家可以抱抱看。」

吉吉只覺得無趣。大家都不懂抱貓的方式，使牠的姿勢變得很不自然。

「我出門了──」

琪琪精神飽滿的出發上學去，吉吉也躡手躡腳的跟在後面。

看著琪琪穿過校門，走進一年級的教室就座後，牠立刻轉身跑上階梯，偷偷進入六年級的教室，鑽到書櫃底下。

我跟還是小孩的琪琪不同，應該是最大的六年級生。學的東西要比較難，才有意思。雖然不喜歡偷偷摸摸，大人就是不知變通，所以只好躲在這裡聽課。貓也是有上進心的。我將來說不定會成為魔女貓，現在當然得先好好累積知識。

「吉吉，到這裡坐好。現在，我來教你在學校學到的東西。」

自從琪琪開始上學，她便當起吉吉的老師，出許許多多的題目幫牠「上課」。

反正都是些一年級的東西。好吧，就陪妳玩玩吧。

吉吉儘管一臉不耐煩，還是乖乖坐好。

「好，吉吉。要仔細聽題目，好好想清楚喔。」

琪琪挺起胸脯，擺出老師的樣子。

「花朵上停了五隻蝴蝶，琪琪用網子捉到兩隻蝴蝶。請問，現在剩下幾隻？」

「零隻。」

吉吉無趣的噘起嘴，想也不想就回答。

「咦——不對喔。聽好了，原本有五隻蝴蝶，被抓走了兩隻，所以是五減二，答案是三隻。」

「零隻。」

吉吉沒有什麼反應，只是重

複剛才的回答。琪琪不高興的吊起眼角瞪著牠。

「笨耶！不是說不對了嗎？」

「我才不笨！琪琪老師，妳自己才該仔細想清楚。蝴蝶那麼聰明，看到同伴被抓走，還會乖乖的待在原地不動嗎？當然是嚇得趕快逃走啊。所以是零！」

竟然反過來糾正老師？琪琪氣得不得了，恨不得臭罵牠一頓。不過，她仔細思考之後，也覺得吉吉的解釋有道理。兩隻蝴蝶被抓走的話，其他蝴蝶應該逃得一隻也不剩吧。

「好吧。我再出一題。這次比較難喔。」

琪琪皺起眉頭，露出真的很難的表情。

「籃子裡有七條魚乾，媽媽又拿另外三條放進籃子。請問，現在籃子裡有幾條魚乾？嗯……剛才是減法問題，這次是加法喔。」

「零條。」

吉吉哼了一聲，給出一模一樣的答案。

「吉吉，不要亂回答。」

「零條啊。」

牠繼續裝蒜，不肯更改答案。琪琪再度不高興的瞪牠一眼。

「為什麼這麼簡單的問題都不會？好好想一下！」

「不管怎麼想都是零啊！」

吉吉嘲笑她似的揚起嘴角。

「妳才該好——好想清楚。假設現在妳的面前有魚乾，而且是很多很多的魚乾喔。這樣的話，大家光是吃都來不及了，根本不是慢慢算有幾條的時候，所以當然是零啊！」

聽了吉吉的解釋，琪琪閉上嘴不說話。牠說不定是對的。

「那……繼續第三題。路上有三顆石頭，你踢走一顆後，現在剩下幾顆？」

「三顆。」

「你又來了……踢走一顆石頭的話，一定會減少吧？」

「我才不會去踢石頭。要是弄傷腳該怎麼辦？」

吉吉咧嘴一笑，之後隨即換上沉穩的聲音，這麼告訴琪琪：「在出題目之前，妳必須考慮清楚。妳是魔女的女兒，要好好掌握事物的本質才行。」

「啊？『食物的本質』，那是什麼？」

那副自以為了不起的態度，讓琪琪開始火氣上升。

吉吉只是悠哉的說道：「我可是有在學習的。」

琪琪聽了，驚訝的睜大眼睛。

好大的口氣！

7

我也會成為魔女……

琪琪的學校生活過得相當愉快。她有了朋友，還學會吉吉唯一的罩門——「乘法」。然而，她還是有一點害怕學校。琪琪在家裡有吉吉作陪，但她終究是個獨生女，沒有兄弟姊妹，所以每當一大群同學跑來跑去、吵吵鬧鬧時，她總是感覺靜不下來，甚至想逃去其他地方。

即使升上二年級、三年級，甚至是四年級，這個狀況依舊沒有改善，她從未對歐其諾和可琪莉提過。一直以來，她只是勉強自己，裝出很有精神，一點問題都沒有的樣子。

不過，吉吉似乎早已看穿。

「妳只有在家裡才得意得起來嗎？太丟臉了吧。妳將來可是要成為魔女耶！」這種表達方式真讓人生氣。吉吉這陣子很喜歡擺架子，這態度究竟是怎麼回事？

「吉吉，你聽過『詩』嗎？」

「當然聽過啊。」

吉吉窩在六年級的教室時，便聽過大家作詩。牠自己也有嘗試作詩的念頭，只是一直不太順利。

「今天我在學校寫了一首詩，大家都說很有趣。念給你聽聽看。」

琪琪打開筆記本，用不同於平常的語調，裝模作樣的開始朗誦。

鞋子喀喀喀的笑
帽子噗噗噗的笑
我嘻嘻嘻的笑

「怎麼樣，不錯吧？」

吉吉只是皺起鼻頭，把臉撇到一旁。

「幼稚。」

「那是什麼意思？」

「說妳太孩子氣啦。」

「那你自己也做做看嘛。」

吉吉不發一語，閉上眼睛，長長的吐一口氣之後，維持緊閉的雙眼，開始朗誦：

風呼呼的吹
雨嘩嘩嘩的下
琪琪嘰嘰嘰的叫
吉吉可愛的叫

「……如何啊？」

「雖然好像是模仿我的，但還不錯啦……可是，只有你可愛，有點不公平吧？」

琪琪笑著說。

某天放學後，琪琪正要走出校門時……

「那個，妳是魔女家的琪琪吧？」

一個女生走到她身旁。印象中，這個女生比她高一個年級。

「我叫做亞米，不是亞美喔。聽說在某個地方是『朋友』的意思。」

她在說什麼！

琪琪後退一步，看向這個叫亞米的人。

「我想跟妳做朋友。可以嗎？妳願意嗎？」

她又後退一步。突如其來的被這樣問，她也回答不出來。

亞米不斷的把臉湊近。

「不……不會不想……」

琪琪支支吾吾的擠出幾個字。

「太好了。我的媽媽說啊，有妳的媽媽可琪莉住在這裡，是這個城鎮特別的福氣。妳的媽媽感覺可以很輕鬆的在天上飛，其他地方倒是很像一般人。不過啊，聽說魔女真的很厲害耶！」

「沒有啦。我的媽媽真的只是很普通的媽媽。」

唯有這一點，琪琪能帶著自信回答。

「妳是魔女家的女兒，所以才會這麼說。妳沒聽過嗎？魔女能做出神奇的空氣，所以鎮上的人都說，有魔女是件幸福的事。要是在更大的城鎮，大家忙得不得了，根本沒空相信魔法。我的媽媽好像就很喜歡妳的媽媽喔。」

亞米非常興奮，兩眼還閃著光芒。

「然後我在想啊，難得住在這麼特別的鎮上，如果能跟妳成為好朋友，說不定也有機會成為魔女。老實說，我是真的想成為魔女喔！」

聽著聽著，琪琪開始反應不過來。總覺得對方說的內容好複雜。

「喂、喂——」

這時，一名路過的男孩過來搭話。

「妳們在聊什麼？當魔女？我也要加入！」

他湊到琪琪與亞米的身邊。

「不行。鎮上不需要那麼多魔女……除了琪琪的媽媽，只要琪琪跟我就夠了。」

亞米一把將男孩往後推。

「怎麼可以獨占魔女！」男孩大聲說道。

「怎麼了？」

其他男生聽到聲音，三三兩兩的聚集過來。

「我們在說，要讓這裡成為充滿魔女的城鎮。我們大家都會成為魔女。很棒吧？」

「咦——」大家都相當驚訝，下一秒立刻興奮起來，激動的說：「好棒喔！大家都可以在天上飛！」

「不要鬧了。這可不是玩遊戲。」

亞米幫琪琪擋在前面。

「這個比遊戲正經多了。而且，魔女也有魔女的責任。對吧，琪琪！」

琪琪的心跳開始加快，呼吸愈來愈難受。忽然間，她發現吉吉出現在腳邊，抬起眼睛看著自己。琪琪伸出雙手，抱起吉吉。吉吉觸碰到自己的下顎時，原本阻塞的氣息開始暢通，胸口也輕鬆不少。

「其實我自己，也還不太了解魔女。現在我連會不會、能不能成為魔女，都不知道……老實說，我從來沒有……認真想過這件事。所以，先算了吧。」

琪琪擠出力氣，說完這些話之後，便跑走了。

「琪琪，琪琪！」

後方傳來亞米的聲音。

回到家後，琪琪靠到坐在椅子上閱讀的母親旁，這麼問道。

「媽媽，我能成為魔女嗎？」

「當然啊。只要時機到來時，而且妳願意的話。」

可琪莉直截了當的回答，並且

輕輕摸了摸她的頭髮。

「其他任何人也可以嗎？」

「嗯……並不是所有人都能成為真正的魔女。不過，媽媽認為，魔法不是魔女專屬的，還有許許多多不同種類的魔法。而且呢，每個人都擁有屬於自己的魔法……」

「今天，比我大一個年級的亞米跟我說，她想成為魔女，在天上飛。」

「很可惜，恐怕辦不到。」

「那為什麼我就可以？我想要跟亞米一樣就好！」

「妳也還沒有確定一定會成為魔女喔。但是呢，妳可是我的女兒。我的媽媽、奶奶，還有更久以前的奶奶，統統都是魔女。所以，妳有魔女的血統。不過，魔女並沒有什麼特別了不起。魔女也是跟周遭的人和平相處，過著普通的生活。這叫做『互相幫助』。」

「那是什麼意思？」

「魔女用魔法幫助大家，同時也受到大家幫忙……」

「嗯……那麼認真啊。感覺有點無趣。」

「如果能夠讓大家高興，那種感覺其實很棒喔。」

「……我沒有那麼了不起。一定辦不到。」

琪琪皺起眉頭，噘嘴說道。

「放心。妳有魔女的血統，便代表有這種資質。」

「『血統』是什麼？」

「父母傳給孩子，孩子再傳給孩子的孩子，然後一代代流傳下去——漫長得妳想像不到。」

「一定得一直傳下去嗎？為什麼？」

「媽媽也不太清楚。其中的奧妙，說不定不是話語能夠解釋的。不過啊，雖然妳有魔女的血統，也不代表妳理所當然非得成為魔女。」

「那麼，媽媽為什麼會成為魔女？」

「以前，我的媽媽告訴過我很多魔女的事情。至於真正下定決心嘛，是某一天，我躺在草地上，望著沒有盡頭的廣闊天空時，腦中突然像劈下一道閃電似的，產生『我要成為魔女』的念頭。那一瞬間，我無論如何都想成為魔女，說什麼都絕不改變。真的很不可思議。

「光是繼承到魔女的血統是不夠的。還得自己做出決定才行。說不定妳也會跟媽媽一樣，閃電般的出現這種念頭。真的這樣的話，就太好了。」

琪琪看向靠在牆壁上，自己滿四歲時的生日禮物——玩具掃帚。她已經很久沒騎上去了，但如果她有這個念頭，應該還是飛得起來。雖然那是只能在家中使用，只能飛起來三十公分的玩具。

亞米知道的話，會說什麼呢？一定會很羨慕吧。

琪琪對於唯獨自己比較特別這點，開始感到不舒服。

還是跟大家一樣比較好。

思考到這裡，耳邊傳來吉吉的聲音。

「我跟琪琪是一樣的。都一樣特別！」

有些時候，吉吉知道琪琪的想法，彷彿能看透她的內心。

「吉吉，你在說什麼啊？」

「沒什麼。只是試著說出『事物的本質』。」

吉吉留下這句話，便從敞開的窗戶跳了出去。

亞米想要向琪琪搭話。她一看到琪琪，立刻舉起手示意。琪琪也稍微揮揮手，做出「再見」的手勢，然後裝出還有事情的樣子，快步離去。

亞米失望的表情，在琪琪的腦海揮之不去，她的心情跟著沉重下來。她開始改走其他路，盡量避免遇到亞米。其實，琪琪自己也很遺憾。她同樣喜歡亞米，覺得亞米是個聰明的大姊姊，也想跟她好好相處。

「吉吉，亞米最近過得怎麼樣？」琪琪對吉吉說：「你幫我去看看她嘛。」

「不要。」吉吉一口回絕。

不過，牠似乎很在意，所以還是去了一趟。

「我從窗戶看進去，她竟然說『啊，是琪琪』。一個是人、一個是貓，怎麼可能弄錯？她大概是故意這樣說的吧。」

吉吉躺到正在看書的琪琪身旁，自言自語道。

「你知道她的家在哪裡啊。」

「我可是魔女貓喔。」

「亞米。」

某天的放學路上，琪琪鼓起勇氣叫住亞米。亞米回頭一看，隨即開心的走過來。

「琪琪，之前很抱歉喔，不小心把事情弄大了。當時我其實只是想問一下。為什麼男生都那樣，動不動就喜歡大聲炫耀……」

「但是啊，說真的，我自己也不清楚。連媽媽都說她不知道。魔女神奇的地方，也許不是話語能解釋的。」

琪琪露出笑容，繼續說下去。

「我不會成為魔女。我不太喜歡像這樣什麼都不懂。雖然我們家好像有魔女的血統，所以女生都有成為魔女的資質，最後會不會成為魔女，還是要自己決定。我決定了，要跟妳一樣。跟大家一樣才比較好。」

她筆直看著亞米，這麼告訴她。

「這樣啊。」

亞米似乎有點失望。但她很快又笑了起來。

「當不當魔女都無所謂。反正，我就是喜歡琪琪。」

「吉吉，我大概不會成為魔女。」

琪琪抱起在椅子上打盹的吉吉，輕聲對牠說。吉吉的耳朵立刻彈起來，不停的抖動。

「咦——那我要怎麼辦？難道要我一輩子當半吊子的貓？」

「也不錯啊。我們不是一直都很要好嗎？」

「這樣就沒有獨當一面的感覺了。」

「為什麼？我不懂。」

「就是說，該讓我有個明確的身分耶。」

「什麼身分？」

「像是『魔女貓』啊……或是『旅貓』、『野貓』之類的呀。」

「你是我們家的貓，不就是『家貓』了嗎？這樣還有什麼不滿？」

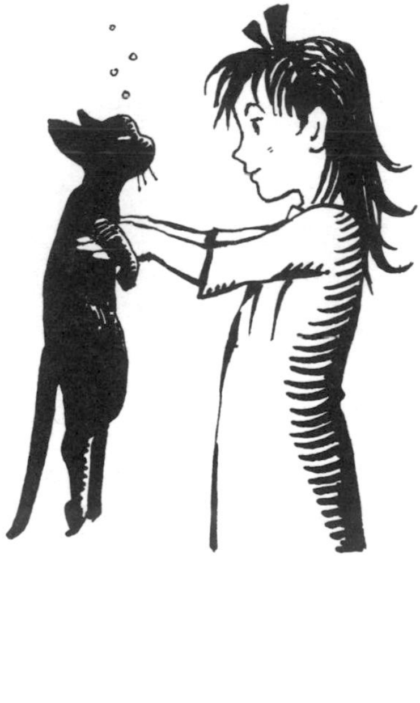

「不是不滿，只是……有點沒面子……」

「咦——」琪琪不禁啞口無言。

吉吉這個傢伙，大概是想讓自己更體面吧。牠從琪琪的懷裡跳下，窩到房間的角落，不肯轉頭看過來。

咚、咚、咚

咚、咚、咚

外面傳來輕輕的敲門聲。

琪琪闔起看到一半的書，起身去開門。站在外面的是亞米。

「琪琪，要不要去公園玩？」

「好啊。」

一到公園，琪琪便走向單槓，翻個圈坐到上面。

「琪琪……」

在底下看著的亞米，突然若有所思的對她開口。

「我還是覺得妳應該要當魔女。這是妳天生的。」

琪琪從單槓上跳下。

「怎麼突然這麼說？」

「妳擁有魔女血統這件事，我好像多少明白了。能一代代流傳下來，是件很厲害的事。雖然不知道究竟是怎麼回事，琪琪，妳終究是特別的存在。」

「是嗎……但我還是想跟大家一樣。」

「最後當然是由妳自己決定啦。不過，我真的希望妳成為魔女。有個魔女朋友，是件很棒的事，還可以跟別人炫耀……呵呵呵，真想大聲跟別人說呢。」

聽到亞米這麼說，琪琪的腦海浮現出執著於「立場」、「面子」問題的吉吉。她轉頭看看四周，果然在草叢堆裡發現豎起耳朵的吉吉。

「可是，我也得真的想成為魔女，才能成為魔女。」

「放心。妳一定會這麼想的。」

「亞米，其實妳也很想吧？真希望我們能一起當魔女。」

「我已經明白，這是不可能的。妳有魔女的血統跟資質，我則是平凡人家。不過，我們家代代都是做裁縫的，有裁縫家的『血統』，這點跟妳一樣。」

亞米繼續說下去。

「今天，我就是來跟妳說這些話的。如果之後我們兩家代代都是好朋友，那就太棒了！對吧？」

她開玩笑似的擺一下頭，開心大笑。

跟亞米道別後，琪琪獨自陷入思考。再過幾個月，自己就要滿十歲了。到時候，她必須自己決定要踏上哪一條道路。可琪莉當年在腦海中突然出現了閃電般的時刻，於是決定要成為魔女，自己也會遇到那樣的時刻嗎？

那天吃過晚餐後，琪琪問吉吉：「想成為魔女的心情，會像閃電一樣突然出現，

那是不是也有可能一點一點……慢慢的出現？你之前說，想要更有面子，我是不是也會產生那種心情？」

「人類老是喜歡胡思亂想，真麻煩啊。」

吉吉低聲嘟囔，跳一下，然後重新端坐。

「我是魔女貓，是妳的夥伴，這件事不是自己決定的。而我現在只希望妳別東想西想，好好的成為魔女。妳要在十歲時做出決定吧？我可是一直等著呢。不過啊，雖然妳之前說我們一直都很要好，有時候我還是會忍不住懷疑。」

「什麼意思？」

「妳大概已經忘了。差不多是認識美巧的那一陣子，不是有朋友帶他們家的小狗來？」

「啊……」

琪琪這才想起吉吉說的事。朋友帶來的小狗可愛得不得了，結果她開始大哭大鬧，吵著「我不要只有吉吉，也想要一隻小狗」，讓媽媽傷透腦筋。

回想到這裡，琪琪的臉頰紅了起來。

「看妳的腳踢來踢去，吵成那個樣子，真的讓我有點受傷呢。」

「對，對不起……」

「真是的。魔女家養狗是要做什麼啊？雖然妳那時還是幼稚的小嬰兒，這也沒有辦法。我這個做哥哥的只好多忍耐，讓著妳一些了。」

「總覺得，我好像一直受吉吉照顧呢。仔細想想，我要不要成為魔女，對你來說也很重要吧。」

「總之，我很期待。拜託妳啦。」

呵，口氣沒那麼大了……

隔天早上，琪琪又往草山上跑。她把雙臂伸到最開，抬頭看向天空。寬廣的藍色往四周無限延伸。順著南面的斜坡看過去，是奇瑪克城鎮的家家戶戶，如剛烤好的麵包的焦黃色屋頂。澄淨的空氣，似乎也染上一點天空的藍。

這時，山丘下傳來口哨的聲音。這陣口哨聲如風一般輕盈，琪琪伸長脖子，往那裡看去。

「呀！」

山丘下的人舉起拎著淡紅色包包的手。原來是美巧。她一下子就爬上山頂，來到琪琪的面前。

美巧仰起頭，將琪琪從頭到腳打量一遍，然後說：「妳長大了呢。那我怎麼樣，是不是也長大了？」

琪琪沒說什麼，只是一直看著美巧。但不管看再多次，美巧都跟上次見到時一模一樣。

「妳又來枝繪奶奶家玩嗎？」

「沒錯。」

又在說謊——琪琪心裡想。但不知為何，她實在無法把這句話說出口。

啦啦啦
天空好快樂，但也好可怕
天空好嚴格，但也好溫柔
啦啦啦

美巧唱著歌，像風一樣跑了出去，花瓣圖案的裙子跟著翻飛起來。

「哈啾！」不知何時出現的吉吉，在琪琪的腳邊打了一個大噴嚏，牠的鬍鬚跟著晃動了好一會兒。

美巧的身影逐漸縮小，最後融入草叢的顏色，再也看不見。

一陣風吹過來，帶走一片形狀像美巧的雲朵。琪琪看著那片雲朵遠去，然後自然而然的挺直背脊，將手掌放到耳後。

天空的遙遠深處，依稀傳來打雷的聲音。

轟隆轟隆轟隆

魔女魔女魔女

轟隆轟隆轟隆……

後記

在《魔女宅急便》的本篇裡，吉吉有時候會吐露一些意想不到的話。連寫出這些故事的我自己，都常常納悶：「咦？吉吉會說這種話啊。」牠總是用簡短的話語，一次一次的幫助琪琪，勸告琪琪，甚至控制場面。吉吉真的幫了這部作品很多忙。這隻貓實在是一隻怪貓啊……真不曉得，牠究竟經歷了什麼樣的成長過程？

我在這次的特別篇著墨於琪琪與吉吉的理由，也包括想探究吉吉這隻貓的「貓格（自創詞）」。在「魔女宅急便」系列的故事裡，琪琪與吉吉是相輔相成，缺一不可的關係。我自己也曾經是個少女，多少能了解琪琪。可是，我從來沒有當過貓，要了解

吉吉就非常困難了。既然如此，這次就試著當一隻貓吧……說是這麼說，由於書寫的人還是我，所以程度相當有限。要看透貓的本質，已經超越了想像力的極限，我實在辦不到！不過，試試看應該還是很有趣。對我來說，這種「有趣」的心情，往往是事物的開端。於是，我開始想像如果自己是貓咪，大概會這樣做，或是那樣做，然後逐一書寫下來。然而，把肚子餓壞，甚至吃蟲子的那一段，還是需要相當大的勇氣。

這個故事隨著琪琪的出生開始。接下來，是她跟突然闖進來的黑貓共度的幼年生活，一起在相互爭奪地盤的過程中逐漸長大。

之後，直到琪琪成為魔女為止，她又過著什麼樣的日子呢？至於吉吉，牠又是如何成為「魔女貓」的？

這一對夥伴在小時候，似乎也有許許多多的故事喔！

角野榮子

二〇一七年春

小麥田

故事館83

魔女宅急便特別篇2黑貓吉吉的故事

魔女の宅急便 特別編2キキとジジ

作　　者　角野榮子
繪　　者　佐竹美保
譯　　者　涂祐庭
封面設計　莊謹銘
校　　對　呂佳真
編輯協力　沈如瑩
責任編輯　汪郁潔

國際版權　吳玲緯
行　　銷　何維民　吳宇軒　陳欣岑　林欣平
業　　務　李再星　陳紫晴　陳美燕　葉晉源
副總編輯　巫維珍
編輯總監　劉麗真
總 經 理　陳逸瑛
發 行 人　涂玉雲
出　　版　小麥田出版
10483台北市中山區民生東路二段141號5樓
電話：(02)2500-7696
傳真：(02)2500-1967
發　　行　英屬蓋曼群島商家庭傳媒股份有限公司
城邦分公司
10483台北市中山區民生東路二段141號11樓
網址：http://www.cite.com.tw
客服專線：(02)2500-7718｜2500-7719
24小時傳真專線：(02)2500-1990｜2500-1991
服務時間：週一至週五09:30-12:00｜13:30-17:00
劃撥帳號：19863813　　戶名：書虫股份有限公司
讀者服務信箱：service@readingclub.com.tw
香港發行所　城邦（香港）出版集團有限公司
香港灣仔駱克道193號東超商業中心1/F
電話：852-2508 6231
傳真：852-2578 9337
馬新發行所　城邦（馬新）出版集團 Cite (M) Sdn Bhd.
41-3, Jalan Radin Anum,
Bandar Baru Sri Petaling,
57000 Kuala Lumpur, Malaysia.
電話：+6(03) 9056 3833
傳真：+6(03) 9057 6622
讀者服務信箱：services@cite.my
麥田部落格　http://ryefield.pixnet.net
印　　刷　漾格科技股份有限公司
初　　版　2020年7月
一版四刷　2021年8月
售　　價　220元

ISBN 978-957-8544-40-6
Printed in Taiwan.

國家圖書館出版品預行編目資料

魔女宅急便特別篇. 2, 黑貓吉吉的故事／角野榮子作；佐竹美保繪；涂祐庭譯. -- 初版. -- 臺北市：小麥田出版：家庭傳媒城邦分公司發行, 2020.07
面；　公分. --（故事館；83）
譯自：魔女の宅急便特別編. 2, キキとジジ
ISBN 978-957-8544-40-6（平裝）
861.596　　109007419

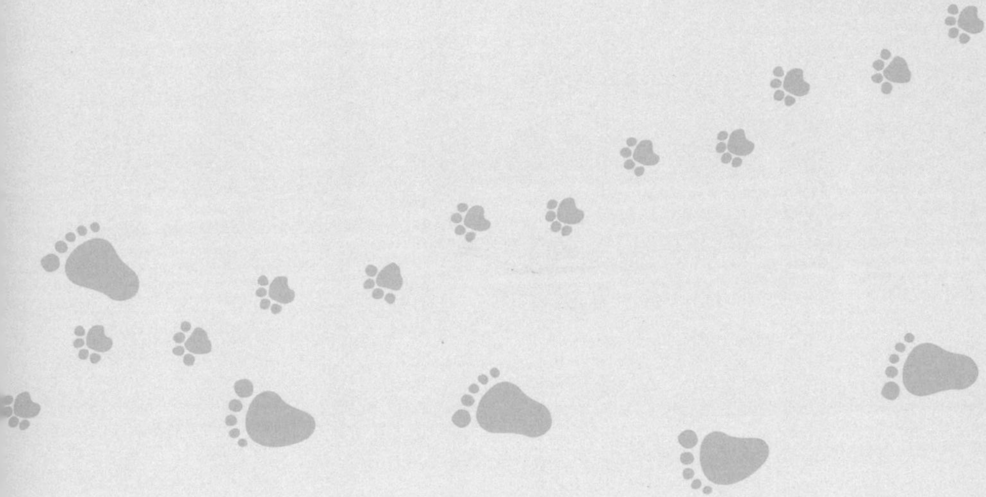